D1694249

Yaşar Kemal

Kuşlar da Gitti

ADAM YAYINLARI

Bu kitabın ilk basımı 1978 yılında yapılmıştır.

Adam Yayınları'nda Birinci Basım: Ekim 1995
Adam Yayınları'nda İkinci Basım: Aralık 1996

Kapak Düzeni: Tülay Ulukılıç
Kapak Fotoğrafı: Ara Güler

96.34.0016.549
ISBN 975-418-341-4

YAZIŞMA ADRESİ : ADAM YAYINLARI, KÜÇÜKPARMAKKAPI SOK., NO. 17, 80060 BEYOĞLU - İSTANBUL
TEL: (0 - 212) 293 41 05 (3 HAT) FAKS: (0 - 212) 293 41 08

Yaşar Kemal

Kuşlar da Gitti

Roman

Tuğrul ormanın alt yanından yürüyerek oraya, çadırların yanına geldi.

Daha eylülün on beşi bile olmadan Fatihten buraya üç kişi gelmiş, yaşlı kavağın az ilerisine, yeşil düzlüğün doğudan yanına çadırlarını kurmuşlar, hazırlığa başlamışlardı bile. Ağlar örüyorlar, tuzaklar yapıyorlar, bir tuhaf eski zaman türküsü söylüyorlardı alaşafaktan gün kavuşana kadar. Birisi kısa boylu, geniş omuzlu, üç köşe gözlü, kalın kaşlı, diken diken olmuş saçlı, kocaman elli, kocaman başlıydı. Gözlerinin akında, birisinde iki, birisinde de üç ben vardı. Sol gözündeki ben büyüyor, yayılarak ta gidip karaya karışıyordu. Bu çocuk hiç denecek kadar az konuşuyor, ağzını türküden türküye açıyordu. Birisi de bir sırık gibi upuzundu. Boynu uzamış gitmişti. Pörtlek kocaman gözleri, hemen yerinden fırlayacaklarmış gibiydi. Hep konuşuyor, konuşuyor, sonra birdenbire susuveriyordu. Konuşurken uzamış boynu ipince, öyle kalı kalıveriyordu. Ötekisi bir bıçkındı. Hani ateş parçası derler ya, o türden bir çocuktu. Bir an yerinde duramıyor, elleri durmadan işliyor, bir şeyleri yapıp bozuyor, konuşuyor, bağırıyor, arkadaşlarına takılıyordu. Çakır gözlerinde onulmaz bir keder çakıp sönüyordu. İncecik sarı bıyıkları sarkıyordu. Elleri boş kaldığında doğru bıyıklarına gidiyordu, öfkeyle, koparacakmış gibi bıyıklarını çekiştiriyordu. Yuvarlak, öne doğru kıvrılarak uzamış çenesi güçlüydü. Bu güçlü çenede de bir keder vardı. Tuğrul, oraya kavak ağacını çevirmiş tel örgünün önündeki tümseğe, kollarını dizlerine dolayarak oturdu. Ben, belki de on gün, Tuğrulu hep oradan, ormanın alt yanından kollarını sallaya sallaya gelip tel örgüye sırtını verip, hem de dikenli tellere sırtını dayayıp çakırdikenlerin üstüne tümseğe oturduğunu, hiç konuşmadan orada öyle oturup durduğunu gördüm. Çadıra, bağırıp çağırarak bir şeyler yapan çocuklara, üstünden ikide bir geçen helikopterlere, uçaklara nedense bakmıyordu. Çenesi dizlerinin üstünde öyle durup duruyordu. Pazarları, Kınalıadanın başkomiseri oyuncak uçaklar salıveriyordu gökyüzüne. Yalnız Kınalıadanın başkomiseri miydi buraya, Florya düzlüğüne gelip oyuncak uçaklar salıverenler gökyüzüne, Mersedesli, Volksvagenli, Volvolu, Muratlı bir sürü başka adamlar da geliyorlardı. Bu, yerden yönetilen oyuncak uçaklar, havada gerçekten uçaktan da çok motor gürültüsü çıkararak, Florya göğünde dolanıp duruyorlardı. Onları seyre Çekmecenin, Menekşenin, Cennet Mahallesinin, Yeşilyurdun çocukları geliyorlardı. Kutsal bir saygıyla, sessiz, ellerini bile oynatmadan bir uçağa, bir uçağı yönetene bakarak susuyorlardı. Tuğrul, ne yerinden kıpırdıyor, ne de başını kaldırıp bir kere olsun göğe bakıyordu. Helikopterler kavak ağacının üst dalına sürünürcesine Tuğrulun tepesinin üstünden geçiyorlardı. Tuğrul taş gibi, helikopter üstüne bile düşse aldıracağı, yerinden kıpırdayacağı yok gibi. O kadar yanından geldim geçtim de Tuğrul beni bile bir kere olsun görmedi. Ne bileyim ben, belki de Tuğrul beni görüyor, üstünden gelip geçen uçaklara bakıyor, gürültülerini duyuyordu da ben fark etmiyordum. Belki de oturduğu yerden düzlükte ne olup bitiyorsa hepsini bir bir izliyordu.

Az ötedeki denizden ışık, motorların patpatı, tuz, çürümüş yosun, iyot kokusu vuruyordu karaya, ıslak, ılık, yoğun.

Bir sabah baktım ki Florya düzlüğüne bir sürü ağ kurulmuş, ormanın yanına, demiryoluna inen küçücük yamaca, dikenliğe, incir ağaçlarının altına, bademlerin dibindeki derin çukura, kavaklığın kıyısına... Çocuklar, delikanlılar, yaşlılar, çok düzgün giyinmişler, çok hırpaniler, tombalacılar, üçkağıtçılar, terzi, demirci, tamirci çırakları, beceriksiz balıkçılar, hepsi hepsi ağlarını sermişler, petaniyalarını bağlamışlar, içi tuzak kuşlarla dolu kafeslerini ağların yöresine dizmişler, gözleri göklerde diz çökmüşler, her birisinin ağzında kuş sesine benzer ıslıklar... Üstlerinden bir kuş kümesi geçmeyegörsün, düzlüğü kuş sesleriyle dolduran ıslıklar...

Florya, kül rengidir, karaya çalan, bir serçeden az biraz daha küçüktür. Saka sarıdır, ispinoz, iskete... Daha bir sürü küçücük parlak renkli kuş, göğsü sarıda, sarının en parlağı, en güzelinde. Kırmızısı kırmızının en yalımında... Sarısı zifiri karanlıkta, kırmızısı da, yeşili de öyle parıldayarak gözükür. Küçücük üç başparmak iriliğinde bir kuş, som mavi... Gökte uçarken, mavi bir ışık topağı gibi, mavisini havada bırakarak, mavi, yoğun, ışıktan bir çizgi çekerek, yayarak...

Tuğrulun gene çenesi dizleri üstünde, gene bacaklarını kucaklamış.

"Merhaba Tuğrul."

Aldırmadı, duymamışçılığa vurdu. Ben onun beni duyduğunu sağ omzunun oynayışından anladım.

"Merhaba be Tuğrul, ne oluyor sana burada böyle?"

Gene aldırmadı, sırtı kabardı kabardı indi. Çelimsiz, incecik boynunu azıcık daha içine çekti. Tam bu sırada ayağının üstüne kavaktan bir yaprak düştü, orada kaldı. Yanına oturdum, elimi sırtına koydum :

"Ne var Tuğrul?"

Ağırca, belki utangaç, gözleri parlak, kıvılcımlı, yaşarmış gibi, döndü bana baktı gülümsemeye çalıştı, ince dudakları çatlamış, gerildi kaldı. Sonra, başını önüne eğdi, yumuşak bir sesle :

"Yok bir şey be abi," dedi.

"Var," dedim.

"Varsa var," dedi, "bana ne."

"Bana da ne?" dedim.

"Var, var, var," dedi öfkeyle.

"Nedir o?" diye sordum.

"İşte," diye bağırarak çadırı gösterdi, "işte bunlar."

"Ne olmuş onlara?"

Gözlerini belerterek bana baktı. Sonra da sustu.

Üstelemedim kalktım yürüdüm. Bir iyice öfkelenmiştim Tuğrula. O çadırda ne olup bitiyorsa, bir insan adam gibi söyler, değil mi? Bilmiyorum, Tuğrul bana üstelemediğimden dolayı küstü mü? Belki de benimle bir daha konuşmayacak, varsın konuşmasın paşa gönlü bilir.

Ben de artık oradan her geçişimde durup çadıra, çadırdakilere bir iyice bakar oldum. Bir gün, iki, üç, beş gün, çadırı göz hapsine aldım, hiçbir şey göremedim. Onlar da, herkesler gibi ağlarını germişler, kafeslerini ağın yöresine dizmişler, petaniyalarını bağlamışlar, ıslıklarını çalıyorlar dudaklarını büzerek üstlerinden kuş kümeleri geçtikçe, dikenlerine kuşlar kondukça, onlar da coşkuyla, içleri sökülerek, gözleri dışarı uğrayarak ağlarını çekiyorlar. Dikenlere konan kuşlar ağın içinde kalıyor ve çırpınan kuşlara çocukların üçü üç yerden koşuyor, telaşla, coşkulu, hırslı, aç gözlü...

Sonunda ben de edemedim, Tuğrul gibi vardım, çadırın öteki yanına kocamış çitlembik ağacının altına oturdum, gözümü de onlara diktim. Bir Tuğrula bir onlara bakıyorum. Hiçbir yere bakmayan, bakmamış Tuğrul da bana bakıyor, hem de belli ederek bakıyor. Gökten kuş kümeleri geçtikçe, kuşlar çocukların dikenlerine kondukça, çocukların kuşları doldurdukları büyük kafesleri doldurdukça, kafesin içinde sarı, boz, kırmızı kuşlar vıcır vıcır kaynaştıkça Tuğrul göğe, ağa, çocuklara, kafeslere de gözlerini dikip bakıyor, sonra gene gözlerini indirip çenesini dizlerinin üstüne koyuyordu, ta ki gökten bir kuş sürüsü geçinceye, dikenlere kuşlar konuncaya, çocuklar kapanmış ağa doğru sevinç çığlıkları atarak koşuncaya kadar...

Bir ara yanından geçiyordum, başını kaldırdı bana baktı, uzunca, sonra kuş kaynaşan kafese, daha sonra da çocuklara baktı. Bakışları çocukların üstüne çakıldı kaldı.

Yolum geceleri de, gezintiye çıktığımda kavağın oradan geçiyordu. Bir gece bir baktım ki, tam gece yarısı Tuğrul orada, eski yerinde değil mi? Çadırdan da bol bir ışık sızıyor, sesler geliyor. Birisi durup durup gülüyor, hıçkırık gibi, ağıt gibi, küfür gibi, bir tuhaf kuş sesi gibi... Kalıbımı basarım bu gülüş, bu ses o uzun çocuğun gülüşüdür, sesidir. Ayaklarım beni Tuğrulun yanına götürdü, az ilersinde durdum :

"Tuğrul," dedim.

Hiç karşılık vermedi. Sırtı kabardı, omzu titredi mi, karanlıkta göremedim.

"Tuğrul, Tuğrul," diye bağırdım.

Tuğrul ağır ağır kalktı, iki eliyle üstünü çırptı, denizden yöne doğru, bana bir kere olsun bakmadan yürüdü gitti. Demek bir iyice küsmüştü. Karanlıkta yumulmuş gölgesi yusyuvarlaktı. Gecekonduların arasında yitti gitti.

Ateş yanıyordu çadırın önünde, o kısa boylu bıçkın çocuk yöreden boyuna ateşe diken toplayıp atıyordu.

Sabah çok erken kalkıyorlardı. Tuğrul da tanyerleri ışırken oraya, onlar daha uyanmadan varıyordu. Kaç kere Tuğrulu, geç kalmaktan korkarak ormandan kavağa koşarken gördüm. Tuğrul koşuyor, koşuyor, ötekiler uyanmadan oraya varmışsa derin bir soluk alıyor, yerine, tel örgünün önüne çöküp oturuyor, dizlerini kucaklayıp çenesini üstüne koyuyordu.

Düzlükte, bir kuş yakalama yarışıdır başını almış gidiyordu. Her yıl ekim ayı gelince, hem de karayel, hem de poyraz, soğuk, ince, ustura ağzı gibi esmeye başlayınca, hem de lodos Florya denizini köpürtüp kudurtunca yağmurların, yellerin önünde sürüklenen küçücük küçücük kuş kümelerinin gökte zikzaklar çizerek, çavarak dikenlerin üstüne yağdıkları görülünce...

Kuşların yağmurlarda, sert yellerde dikenlere konmalarıyla kalkmaları bir olur. Ormanın üstüne, denize, Çekmece gölüne çavarak, ağaçların tepelerini yalayarak, göğün mavisine serpilmiş alacalı lekeler gibi uçarak gözden yiterler. Ilık, güneşli günlerde, binlerce vıcırdaşarak dikenlere sıvanıp, yazın sarı çiçek açmış, tüm düzlüğü safran sarısına boyamış, kurumuş dikenlerin tohumlarını dehşet bir oburlukla, sevinçle birbiri üstüne yığılışarak yerler. Florya düzlüğü Florya düzlüğü olduğundan beri, ta Bizanstan, Osmanlıdan bu yana bu küçücük kuşlar, nereden gelip nereye gidiyorlarsa, ekimden ta aralık sonuna kadar mekan tutarlar. Ve o günlerden bu günlere kadar da İstanbul şehrinin insanları bu kuşları türlü tuzaklarla yakalarlar. Yakalayıp Hıristiyansa kiliselerin, Yahudiyse sinagogların, Müslümansa camilerin önünde azat buzat, beni cennet kapısında gözet, satarlar. İstanbul şehrinin göğünü çok ucuza cennet karşılığı alınıp bırakılmış kuşlar doldurur. Özellikle kuşları alıp bırakmaya çocuklar meraklıdırlar. Haaa, bir de çok yaşlılar...

Çok eskiden, İstanbula yeni geldiğim günlerde olacak Taksim alanında bir, çok yaşlı, paltosunun yakası kürklü bir adamla altı yedi yaşlarında bir çocuğu, ayakları yalın on birinde gösteren bir çocuktan sapsarı, gözleri telaş içinde kuşları alır gökyüzüne atarlarken görmüştüm. Kafesteki kuşlardan birini bir, yaşlı adam alıp göğe fırlatıyor, bir, çocuk alıp fırlatıyordu. Göğe her kuş atılışında üç kişiden sonsuz bir sevinç çığlığı kopuyordu. Bir de kedi sinmişti oraya, çınar ağaçlarının arasındaki çalının içine, havaya attıkları bazı kuşlar uçamıyor, yere düşüyor, çalılığa sığınıyordu. Ve canavar kedi, kuş çalının içine girer girmez kapıyor, kuşu bir anda dişleri, ayakları gövdesiyle parçalıyor, yiyor, keyifle dişlerini temizleyip yeniden gelecek kuşu bekliyordu hiç kıpırdamadan gözleri havada.

Şimdi artık, Eyüp Camisinin avlusu dışında kuşlar azat buzat satılmıyorlar. Onları artık çocuklar Eminönündeki kuş pazarına götürüyorlar. Kuşçular yüzlerce kuş arasından birkaç iyicesini, kuş meraklılarına çok pahalıya satmak için alıp kalanını çocuklara gerisin geri veriyorlar. Ve çocuklar ağzına kadar kuş dolu kafesleriyle yorgun, umutları kırılmış, bu kadar kuşu ne yapacaklarını bilemeden evlerine geri dönüyorlar.

İstanbulun tarihini yazanlar Florya düzündeki kuşların, kuş yakalayıcıların tarihine boş verirlerse tarihlerinin o kadar pek işe yarayacağını sanmam. Emeklerine yazık olur. Yüzlerce yıldır kiliselerin, havraların, camilerin önünde, milyarlarca salıverilmiş kuşun sevinci, insanların sevinci, az macera mı? Biliyorum, bir gün bir hoş, yüreği temiz, akıllı birisi çıkacak, Florya kuşlarının güzel, sevinçli, umutlu tarihini yazacak, işte o zaman işte, İstanbul biraz daha güzelleşecek, biraz daha büyülü bir kent olacak. İstanbulun büyüsü denizinde, yapılarında, göğünde, akarsularında mı yalnız, insanlarında mı? Ya Floryanın kuşları?

Birkaç gün sonra Tuğrulun yanında Cemi gördüm. İkisi yan yana, çeneleri dizlerinde, öyle orada oturup kalmışlar. Aradan iki gün geçti geçmedi, orada tel örgünün tümseğinde Tuğrullar tam altı kişi olmuşlardı. Gene dizlerini kucaklamışlar, gene çeneleri dizlerinde, gene hiçbir yere bakmıyorlardı. Kıpırdamadan, belki öfkeli, belki deli, belki düşünen, yüzlerinden hiçbir şey belli olmadan tümseğin üstünde, yeşilliğin ucunda...

Çadırdakiler, gidip geliyorlar, çalışıyor, kuşları çağırıyor, petaniyaları kaldırıp indiriyorlar, çalılarına konan kuşlara ağ kapatıyorlardı. Arada da, orada kıpırtısız oturmuş kalmış çocuklara göz atmadan da edemiyorlardı. Bayağı şaşkınlık içindeydiler. Ve kocaman kafesleri birken iki, ikiyken üç oluyordu. Şimdi çadırın içinde ağzına kadar kuş doldurulmuş, kıvıl kıvıl, sarı, som kırmızı, som mavi, ışıltılı saçma gibi fır dönen binlerce gözle, kanat çırpan, deliren, kurtulmak için kendilerini kafeslerin tellerine vuran, paralayan, korku içinde kuşlarla dolu, tam sekiz tane kafes vardı. Hani eni elli, boyu seksen, yüksekliği altmış santim kafeslerden olur ya, işte onlardan.

Bu Fatihli çocuklar var ya, gerçekten ben onların Fatihten buraya geldiklerini kimden öğrendim, gerçekten? Bilmiyorum. Belki de Fatih semtini ben onlara yakıştırdım. Bunlar olsa olsa Fatihli olurlar, dedim içimden. İşte bu Fatihli çocuklar orada oturmuş kalmış kıpırtısız altı kişiye kuşkuyla, azıcık şaşkınlık, azıcık da korkuyla bakıyorlardı.

Bu yıl talihleri yaver gitmiş, düzlüğe çok kuş gelmişti, tür tür, hiç görmedikleri, adını bile duymadıkları kuşlarla doldurmuşlardı kafeslerini. Bir el büyüklüğünde, her bir yeri lekesiz kırmızı, göğüslerine, kanat altlarına doğru açılarak allaşan kuştan altı tane yakalamışlardı. Bunların her birisi alimallah yedi lira bile ederdi. Bir de bir şahin yakalamışlardı. Şahini ayrı bir kafese kapatmışlar, her gün ona diri diri beş altı saka, ispinoz veriyorlar, yabanıl kuş kafesin içinde keskinleşmiş öfkeyle pençesini değer değmez, kedi gibi, kuşu paralayıveriyordu.

Buralarda şahin pek bulunmazdı ya... Belki uzaklardan, Istranca ormanlarından bu küçük kuşların ardına takılıp buraya kadar gelmişlerdi. Gelmiş, Fatihlilerin petaniyalarına gökten aşağı yıldırım gibi inmiş, tam petaniyayı kapacağı sırada, ağ üstüne kapanmıştı. Üstüne ağ kapanıp kıstırıldığında bile küçücük saka kuşu onun pençelerindeydi. Çocuklar petaniyayı zorla onun pençelerinden aldıklarında, pençeleri gagasıyla onlara saldırmış ellerini paralamış, kan içinde bırakmıştı.

Alacalı bir şahindi. Tam otuz beş liraya çingene Halile sattılar şahini. Sonra iki tane kestane rengi atmaca yakaladılar... Onları da yirmi beşer liraya gene çingene Halil aldı. Çingene Halil Kavak köyüne götürüp avcılara okutuyordu atmacaları.

Havada, çok uzakta, denizin üstünün oralarda bir alıcı kuş daha dönüyordu, çadıra yaklaştım :

"Bakın," dedim, "orada, bir şahin."

"Gördük," dedi o kısa boylusu, üç köşe gözlüsü.

"Gelir mi?" dedim.

"Az sonra burada," dedi, içini çekti. "Az sonra burada ama..."

"Aması ne?"

"Aması abi, ağı parçalıyorlar bunlar. Bunları çingene Halilden de başkası istemiyor, o da ancak her kuşa yirmi beş otuz lira veriyor. Bu kuşların ettiği hayır ürküttüğü kurbağaya değmiyor."

Sözü, tetikte bekleyen uzun boylusu aldı :

"Kovalaya kovalaya onları, sabahtan akşama kadar canım çıkıyor. Yukarıdan aşağı petaniyalara doğru bir de saldırıyorlar, ödüm koptu dün..."

"Yakalayın şunu," dedim.

Uzun çocuk boynunu uzatarak uçan kuşa doğru :

"Az sonra buradadır o," dedi, boynu öyle kaldı.

Kısa boylusu, burun kıvırdı :

"İstemem, ziyade olsun."

"Yakalayın," dedim.

Üçünün de gözleri parladı :

"Ne verirsin?"

Azıcık düşündüm :

"Yüz lira," dedim.

"Yaşasın," diye bağırdı kısa boylu çocuk.

"Yaşasın," dedim.

Uzun çocuğun ince boynu kuşa doğru uzayıp ipincecik oldu.

"Gel gel," dedi, kuşu çağırdı. Bana döndü : "Şimdi gelir," dedi.

"İstersen sen çadırda bekle abi," dedi kısa boylusu. "Kuş şimdi gelir, yakalarız, alır gidersin."

"Olur," dedim, oraya yolun kıyısına çöktüm oturdum. Kafeslerdeki yüzlerce kuş bir ağızdan kıyameti koparıyorlardı.

"Yüz lira," dedi yerinde duramayan çocuk, ağın ipini düzeltti, ayarladı. "Yüz lira," dedi gene. Göğe baktı, kuş Cumhurbaşkanlığı köşkünün üstüne doğru alçalmıştı. Çocuğun, "Yüz lira, yüz lira," diye usuldan duyulur duyulmaz konuştuğunu duyuyordum. "Yüz lira, yüz lira... Etti iki yüz lira, iyi. Bir tane daha, bir yüz lira daha... Etti iki yüz... Beş, on, yirmi... İki bin lira..." Bıçkın çocuk kendi kendine bir oyun tutturmuştu. Devinimlerini sesine uydurmuş, oynar gibiydi. Gidiyor geliyor, ağı, petaniyaları yokluyor, ipi çekip petaniyaları havalandırıp havalandırıp indiriyordu. Alıcı kuş havada, kanatlarını germiş, göğün mavisinde, göğsünü esen yıldız poyraza vermiş bulunduğu yerde, denizin buğusunun içinde kanatları pır pır, sağa sola yalpalayarak uçuyordu.

Bıçkın çocuk, boyu azıcık uzamış geldi coşku içinde karşımda durdu.

"Şu kuşlardan kaç tane tutarsam alırsın?"

Göğe, kuşa doğru elini uzattı :

"Bak," dedi, "bak abi, ne güzel de uçuyor."

"Gerçekten güzel uçuyor," dedim.

"Az sonra senin olacak bu kuş," dedi, sevinç içindeydi. Gitti, petaniyaların ipini çekti, dört küçücük sarı kuş can telaşıyla havalandı, bir metre kadar uçtular, ayaklarındaki çatal değneklere bağlı ip onları geri yere çekti, çocuk ipi çekip kuşları gene havalandırdı. Bir gökteki rahat salınan kuşa bakıyor, bir petaniyaları, o görsün diye durmadan uçuruyordu.

Bir ara gene yanıma geldi :

"Bu kuşlardan kaç tane alacaksın?" diye gene sordu.

"Sen hele yakala," dedim, "ben hepsini alamazsam da satarız."

"Kime satarız?" diye kuşkulu, inanamaz sordu.

"Hasan Kaptana," dedim.

"Kimdir o?"

"Kaptandır," dedim, "bizim komşudur, Lazdır. Onun eskiden çok kuşu varmış. Yaman bir avcı."

"Lazlar avcıdır," dedi bilgiç bilgiç. "Ya almazsa?"

"Ben alır ona armağan ederim."

"Başka?"

"Bir de Ali Bey var, komiser, parmak izi komiseri."

"Vay anasını, demek parmak izi ha?"

"Yaa, parmak izi," dedim. "Bizim komşu. Bana anlattı," diye de ekledim, "o parmak izi komiseri olmadan, Ali Bey, daha Rizedeyken, beş tane böyle kuşu varmış, gece gündüz bıldırcın avlıyormuş. Bir bıldırcın yakalıyormuş, sepet sepet... Koca Karadeniz sepetleri var ya dolduruyormuş."

"Vay be!"

"Hasan Kaptan..." Göğü gösterdim. "İşte bunların tam yedi türünü saydı bana, bu atmacaların... Ali Bey de..."

"O atmaca değil, şahin," diye düzeltti bıçkın oğlan. Adı Semihti. Üç köşe gözlünün de adı Hayriydi, öteki sırık oğlanın da adı Süleymandı. Süleyman, uzun Süleyman. Ama burada kimse onu Süleyman diye çağırmıyordu, Uzun diyorlardı ona, o kadar.

Uzun yanıma geldi, usulca karşıma çöktü, Tuğrulları gösterip :
"Abi bunlar kim?" diye sordu.
"Tuğrul," dedim, "bizim oralardan olur. Bekçibaşının oğludur, Menekşeden... Öteki de Hüseyin, şu sivri burunlusu balıkçı Erol... Öbür üçü kimdir, bilemedim."
Kendi kendine mırıldanır gibi :
"Menekşeden, sizin oralardan, bekçibaşının oğlu, Tuğrul..."
"Ne diyorsun?" diye sordum.
"Hiç." dedi, "biz buraya çadır kurduğumuzdan beri, her Allahın günü alacaşafakta..."
"Biliyorum," dedim.
Süleyman başladı Tuğrulu anlatmaya, gözlerini, bakışını, deliliğini, bir hoşluğunu...
"Evet," dedim.
"Evet ya abi," dedi. "Ne ola ki bunların derdi, biz buraya ekmek parası kazanmaya geldik..."
"Eeee?" dedim.
"O keyfinde, tabii keyfinde olacak, babası koskocaman bekçibaşı. Hem de Floryanın..."
"Menekşenin," dedim.
"Menekşe de Florya demektir, öyle değil mi?" Yalvarırcasına baktı.
"Öyle," dedim. "Menekşe Florya demektir."
Nedense buna sevindi.
"Belliydi," dedi, "onun babasının bekçibaşı olduğu. Bak abi, şunlara bak, manyak mı ne, daha gün doğmadan gelip buraya oturuyorlar, hiç de konuşmuyorlar, durmadan bize bakıyorlar. Gözleri de çakır."
"Çakır," dedim.
"Çakırlar uğursuz olurlar. Bak, şimdi onlar burada olmasalardı, o kuş çoktan gelip ağımıza düşmüştü. Aç kuş, burada bu kadar bağlı kuş, petaniye durur da, o da hiç orada öyle salınarak uçar mı? Allah seni inandırsın abi, dün bu alıcı kuşlar var ya, petaniyalara alıcı kurt gibi, aç kurt gibi saldırıyorlardı. Dün onları kovalamaktan imanım gevredi. Bugün bak hiç geliyor mu, bak şuna! Belki de küsmüştür dün o kadar sövdüm, kovaladım, diye. Kuş insan dilinden anlar mı?"
"Anlar," dedim.

Kuşkuyla bir bana bir gökteki kuşa bir Tuğrula baktı.

"Belkim de anlar," dedi. "Ne bileyim ben."

"Bu dünyada tekmil yaratıklar birbirlerinin dilinden anlarlar," dedim. "Çakır."

"Çakır," dedi. "Gözleri ala çakır." Tuğrula gözlerini dikmiş.

Yeşilköyden bir helikopter havalanmış denizin üstünden bu yana doğru geliyordu. Çok aşağıdan, Belediye plajının önündeki yüksek çınara değecekmiş gibi alçaktan uçuyordu.

"İşte kuşlar buna dayanamaz," dedi Süleyman.

"Çakır," dedim, "gözleri çakır."

Süleyman güldü, kuşkuyla da Tuğrullardan yana baktı. Altı çocuğun altısı da, dördünü tanıyordum, hele Hüseyin en baş ahbabımdı, orada, dizlerini kucaklayıp çenelerini dizlerinin üstüne koymuşlar kıpırdamadan bir yerlere bakıyorlardı, bekliyor, nereye baktıkları belli olmadan bakıyorlardı.

Helikopter büyük bir gürültüyle martıları yöreye savurtarak, çınar ağacının üst dalına değercesine Cumhurbaşkanlığı köşkünün üstünden geldi geçti.

Hepimiz, Tuğrullar da, alıcı kuş yerinde duruyor mu, diye helikopter geçtikten sonra oraya baktık. Uçan kuş sanki hiçbir şey olmamış gibi kanatlarını germiş, pır pır titreterek, mavinin üstüne yapışmış, çok ak bir bulutun altında uçuyordu. Sevindik, Tuğrulların da sevindiğini yüzlerinden anladım.

Hayri gittikçe, kuş orada durdukça öfkeleniyor, petaniyaları durmadan havalandırıyor, fıkara kuşları öfkeyle yere çarpıyordu. Akşama doğru petaniyalarda uçacak hal kalmazdı ya, bu öfkeyle kuşlar daha öğleye varmadan öleceklerdi.

Semih geldi :

"Bir şey oldu," dedi. "Vallahi de billahi de bir şey..." Dişlerini sıkıyor, yüz etleri geriliyordu. "Bunda bir uğursuzluk var. Dün canavar gibi petaniyalara saldıran kuşlar... Bugün... İşte görüyorsun, yüz lirayı duyunca... İşte..." Ürküntüyle Tuğrula baktı o da... "Uğursuzluk var, aaaah," diye de içini çekti. "Gelecek," dedi, gene Tuğruldan yana baktı. "Olsun, gelecek, hem de ne gelecek... Gelecek ki gelecek..." Petaniyaların ipini çekerken, bir gözü denizin üstündeki kuşta koşarken, "gelecek," diye bağırdı. "Ne olursa olsun gelecek."

"Gelecek," dedim.

Bu arada Basınköyün altından, demiryolunun oralardan yüklü bir kuş kümesi kalktı, çocuklarda bir telaş, bir kaynaşma, Süleyman yere, dizlerinin üstüne çöküp başladı kuş sesi çıkarıp kümeyi çağırmaya. Semih petaniyaları uçuruyordu, Hayri ağın ipinin başındaydı. Boyunları uzamış, gözleri, alçalıp yükselerek, çavarak gelen kümede, küme geldi, kavağın orada, Tuğrulların üstünde bir duraladı, indi kalktı, indi kalktı, sonra geldi üç tanesi ağın dikenlerinin üstüne kondu. Tuzak kuşlar bir ağızdan ötüşüyorlardı. Kümenin kalanı ormanın üstüne uçtu, az sonra da geriye döndü, beş tanesini daha dikenlerin üstüne bırakıp Menekşe üstüne uçtu küme. Hayri bekledi, ipi çekmedi. Kuşlar Menekşe üstünden de geriye çavarak, bir yükselerek, hep birden bir alçalarak döndüler. Kümenin kalanı da dikenlerin üstüne indi. Ve onlar iner inmez de Hayri ağın iplerine asıldı, ağ kalktı dikenlerin üstüne kapandı. Kuşlardan çığlık gibi cıvıltılar koptu, ağın içinde çılgınca debelendiler. Çocukların üçü üç yerden koştu, ağlardan kuşları alıp kafeslere koymaya başladılar. Bu arada, kuşlar yakalanır yakalanmaz da Tuğrulların altısı altı yerden ayağa fırlamışlardı. Yüzlerinde şaşkınlık, gözleri açılmış, belki de öfkeli, olan biteni seyreyliyorlardı.

"Doldu," dedi Semih benim yanıma gelirken. "Kafesler kalmadı kuş doldu. Günde beş yüz kuş yakaladığımız oluyor. Geliyor kuşlar, yakalamazsan da olmaz."

"Olmaz," dedim. "Mademki kurmuşsun ağı."

"Öyle," diye boynunu büktü.

"Taksime, Sirkeciye, Eyübe götürün azat buzatlık, diye satın."

"Almıyorlar, artık kimse azat buzatlık kuş almıyor," dedi Semih. "Dün ben bütün şehri dolaştım, bir Allahın kulu çıkıp da bir tek kuş salıvermedi havaya... İstanbul göğüne. Bu insanlar değişmiş. Din iman, vicdan, Allah kitap kalmamış bunlarda..."

Semih öfkelenmiş boynunun damarları şişmişti. Sanki o dinsiz, imansız İstanbul halkı karşısındaydı da onlarla kavga ediyordu. Yumruklarını sıkıyor, dövüşüyor, kendinden geçiyor, konuşuyor, bağırıyordu.

"Bak be abi, bak be ayaklarıma. Bak be... Nasıl da şişti! Bak be abi... Dün sabahtan akşama kadar İstanbulun dolaşmadığım yerini bırakmadım, bir tek kişi, bir Allahın kulu bile, bir bir, bir tek Allahın kulu bile, şu benim cennetim ahiretim için deyip, bir iki buçukluk verip de bir tek kuş bile uçurmadı. Bu İstanbul gavur olmuş, gavur, gavur tüm gavur olmuş abi... Bak şu kuşlara abi... Eskiden beş yıl önce bile abim günde bin kuş azat buzat eder, bin beş yüz lira kazanırmış... Bak abi ayaklarıma."

Vardı, içinde ağzına kadar üst üste, vıcırdaşan kuş dolu kocaman kafesi aldı geldi :

"Bak abi," dedi, "allahaşkına bak, ne güzel kuşlar değil mi? İçinde azıcık insanlık olan, müslümanlık, din olan, içinde azıcık Allah korkusu olan hiç bu kuşlardan bir tane, beş tane, on, kırk tane alıp da salıvermez mi? Bu küçücük kuşların günahı ne, böyle tıkış tıkış kafeslerin içinde, görüp de onları buradan kurtarmayanları Allah ne yapmaz ki... Baksana abi şu zavallıcıkların haline, baksana abi, nasıl da dışarıya çıkmaya can atıyorlar, bak bak abi, bunların haline yürek dayanır mı? Her gün beşi, altısı, onu bu kafesin içinde ölü ölüveriyorlar, ya abi! Biz bu zavallıları işkence etmek için yakalamadık ki... Hemen salıverelim, diye yakaladık."

Sesi ağlamaklı, yüz etleri acıyla gerilmiş, dokunsan hıçkıracak.

"Eminönündeki kuşçulara da götürün, Çiçekpazarındaki..."

"Götürdük," dedi Hayri. "O alçaklar, o namussuz dolandırıcılar, on kuruş verdiler kuşların tanesine. Sen hiç on kuruş gördün mü, son zamanlarda senin eline yanılıp yazılıp da on kuruş geçti mi hiç, on kuruş para mı?"

Ben de öfkelenmiştim :

"Vay alçaklar," dedim.

Uzun oğlan koşarak geldi :

"Üç gün önce iki kafes dolusu kuşu ben götürdüm Eminönüne. Bir sakallı az daha beni öldürüyordu. Öyle bir öfkelenmişti ki, elinde sopa, azgın bir boğa gibi... Vallahi adam abi, öfkeden çıldırmıştı, ben önde o arkada, benim elimde kafesler, onun elinde, nah bu kadar sopa, parkı iki kere döndük, ben kafesleri oraya, parkın ortasına bırakıp kaçmasaydım sağlama herif beni öldürmüştü. Sakalı titriyor, dudakları sarkıyordu, bir ölüm gibi geldi üstüme. Bir ölüm gibi. Ben ona yapacağımı biliyorum. Ben kafesleri oraya bıraktım ya, sakallı, boynu kalın adam sopasını oraya, yere koydu, homurdandı, ben onu titreyerek Yeni Caminin merdivenlerinde durmuş seyrediyordum, kafeslerin başına oturdu, ellerini havaya açtı, belki yarım saat dua okudu. Sonra kafesin ağzını açtı, başladı kuşları teker teker havaya, her kuşun üstüne bir dua okuyarak, havaya salıvermeye, ta öğleye kadar okudu, kuşları salıverdi, tam öğle ezanı okunuyordu ki, son kuşu uzun uzun okşadı, dualar okudu, uzun uzun abi... Ben delirmişim ya, kıpırdayamıyorum, delirmişim ya elim ayağım kesilmiş, ben delirmişim ya ölmüşüm, ben delirmişim ki... İşte abi, baktım adam kafeslerin üstüne çıkmış eziyor... Kafesleri ezdi ezdi, yamyassı etti... Ben delirmişim ki abi, ben bir delirmişim. Ben o kilimi var ya, işte o kilimi... O kilim yüzünden anam beni ayaklarımdan tavana tam bir gün akşama kadar astı. Öyle bir kilimdi ki abi, her gün sabahtan akşama kadar duvarlarda nakışlarını seyrediyordum. Nakışları canlı gibiydi abi, uçuşuyordu havada, pencereden giren gün ışığının içinde... İşte o kilimi..."

"Ne kilimi be Uzun?"

"Şey abi, işte o kilim..." Uzun birkaç kere yutkundu, gene : "Şey abi..." dedi.

Hayri :

"Utanıyor."

"Neden?"

Hayri Uzuna baktı. Uzunun dudakları titriyordu, yüzü de sararmıştı. Konuşmakta zorluk çekiyordu.

Semih :

"Keşke olmasaydı, Uzun yapmasaydı o işi," dedi.

"Ne işi be?"

"O işi," dedi Hayri, "hiç iyi etmedik."

Birden Uzun toparlandı, canlandı, boynunu uzattı, meydan okuyan bir tavır takındı, ıslık gibi bir sesle :

"Sattım," dedi.

"Sattı," dedi içini çekerek bıçkın Semih. O an bıçkınlığından onda hiçbir eser kalmamış, yüzü kedere gömülmüştü, sesi çatallaşarak : "Sattık."

"Anasının kilimiydi, gelin olurken kilimi de ona anası vermiş, büyük yadigarmış."

"Çok güzel bir kilimdi," diye içini çekti. Semihe baktı, gücenik :

"İşte bunun yüzünden oldu," dedi. "Bıyıkları da uydurma."

Semih birden değişti, gözlerinde bir hoş bir deli pırıltı belirdi :

"Bak Uzun," dedi, "kızdırma kafamı."

Uzun :

"Kızarsan ne olacak bundan sonra," dedi gevşedi. "Beni öldürsen ki bundan sonra ne yazar."

"Ne yazar," dedi Hayri. "Fıkara kadın yataklara düştü. Kim bilir, şimdiye ölmüştür belki de..."

Semih, yumuşacık, sevgi dolu, güvenli bir sesle :

"Öleceğim, öleceğim, öleceğim de o adamdan Zare teyzenin kilimini geri alacağım," dedi.

Bana döndü, bir yardım ister gibi baktı :

"Alacağım değil mi abi?"

"Alacaksın Semih," dedim.

"Yadigar," dedi Semih.

"Yadigar malın hiçbir şeyle değeri ölçülemez. Uzun bize kilimin yadigar olduğunu söylemedi ki..."

"Söyledim," dedi Uzun dikleşerek. "Sana da Semihe de belki bir ay durmadan söyledim. Sen çalalım da Kapalıçarşıda okutalım, demedin mi?"

"Dedim," diye kızdı Hayri, "dedim, ne olacak, yani, ben ne bilirdim Zare teyzenin hastalanacağını? Hiç bilseydik..."

"Satar mıydık kilimi?" dedi Hayri.

"Satılmıyor işte kuşlar," dedi Uzun. "Kilimi kapıyorlar da, kuşları kimse almıyor."

"Almıyor," dedi Hayri yüzü kırışık içinde kalmış.

"Almasınlar ulan," diye kükredi Semih. "Boklar. Varsın almasınlar."

Deminki, Firuzköy üstüne giden helikopter geriye döndü, tam üstümüzden geçerken içindeki adamları gördük.

Uzun :

"Bakın adamlar," dedi.

Bir süre başlarımız havada, Tuğrulların da... Hızla geçen helikoptere baktık.

"Sonra Uzun?" dedim.

"Ben delirmişim abi," dedi. "Delirmişim ki... Kilimin parasıyla almışız kafesleri... Delirmişim ki anam gözlerimin önüne gelmiş, hasta... Delirmişim ki... Dünya, Yeni Caminin minareleri başımda fır döndü. Döndü döndü, dünya kapkaranlık kesildi... Döndü, döndü, gözümün önünde sakallı Hacı ezdi kafesleri, ayaklarının altında, azgın. Yeni Caminin merdivenlerinden bir uçmuşum herifin gırtlağına... Beni herifin gırtlağından alamamışlar. Dişim, ellerim Hacının gırtlağında."

Semih :

"Hastaneye götürmüşler Uzunu," dedi. "Uzun da gece, Allah ne verdiyse, hastaneden çekmiş cızlamı."

"Giyitlerimin yerini bana bir çocuk gösterdi," dedi Uzun, "iyi bir çocuk. Ne iyi bir çocuktu o." Dişlerini sıktı : "Hacıyı öldüreceğim," dedi kinle. "Öldüreceğim onu."

Semih :

"Yok abi, korkma," dedi, "öldürmeyecek. Şimdi öfkeli de, kuşlar bir para etsin, o kimseyi öldürmez."

"Öldürürüm," diye yumruklarını sıkıp dişlerini gıcırdattı Uzun. Gözleri daha da pörtledi. "Öldüreceğim."

Hayri :

"Bakma sen ona abi, o karıncayı bile öldüremez. Şimdi biz olmasak, acıdığından şu kuşların hepsini salıverir," dedi. "Yufka yüreklinin biridir ki sorma."

"Kuşları bırakırım ama, Hacıyı öldüreceğim, ölüsünü de Eminönü meydanının ortasında, Yeni Caminin önünde yakacağım."

"Yok abi, yok," dedi Semih, anlamlı anlamlı da Uzuna baktı, herkese böyle şeyler söylenmez gibisine.

"Niye saklayayım abiden," dedi Uzun, soğukkanlı. "Allahın bildiğini kuldan niye saklayayım, ben bu kışa Hacıyı öldüreceğim."

"Öldür," dedi Semih öfkeyle. "Öldür de hapislerde çürü. Çürü de bu sefer Zare teyze bir iyice kederinden yataklara düşsün de ölsün."

"Ölsün," dedi Uzun gene. "O da ölsün. Hacıyı öldüreceğim. Kürt karısı Zare de bu kadar fıkara olmasaydı, ölsün. Öldüreceğim."

"Fıkaralık Allahtan," dedi Hayri.

"Zızzzzzzzzt," dedi Uzun. "Allahın sanki parası vardı."

"Sus," dedi Semih, "gavur oldun."

Uzun soğukkanlı :

"Gavur oldum ya..."

Hayri bana döndü :

"Ona aldırma abi," dedi. "Yalancıktan söylüyor, gavur değil o, onlar Kürt."

"Gavurum," dedi Uzun. "Hem de ne güzel gavurum. Gavurluk ne iyi."

"Hastir ulan," dedi Semih. "Sen de bir iyice azıttın. Abi be dinleme şunu."

Şahin az daha yaklaşmıştı bize, şimdi Belediye Plajının üstünde, çınarın solunda uçuyordu. Bir ara hızla ormana doğru ağdığını, bir anda da gözden yittiğini gördük.

Uzun, Tuğrullara doğru baktı :

"Bak abi," dedi, cık cık, yaptı, boynunu kıvırdı. "Bela işte insanın üstüne böyle sıvaşıyor. Bak şunlara, nasıl da öyle bize yiyeceklermiş gibi bakıyorlar."

"Ne olacak baksınlar," dedim.

"Baksınlar ama..."

"Size bir şey yapmıyorlar ki..."

"Yapacaklar."

"Ne biliyorsun? Nereden belli ki?"

"Gözlerinden," dedi Uzun. "Kötü, hayın, düşman bakıyorlar. Bir sataşsınlar, alimallah onları..." Onları derken sesini yükseltti, "alimallah onları Hacıdan beter ederim."

Semihin gözleri Floryanın göğünü tarıyordu durmadan, ama şahini bir daha görememiştik. Uzun öfkesinden çıldırıyor, gidiyor geliyor, kafesleri açıyor kapatıyor, durmadan petaniyaları havalandırıyor, ağları yokluyor, yöreden uzun dikenler söküp, ağın önündeki dikenlerin arasına dikiyor, sıkıştırıyordu. Bir de, kocaman sarı çiçeği daha düşmemiş bir diken bulmuş, dikenlerin tam ortasına dikmişti.

O gün akşama kadar çocuklar çok kuş yakaladılar, artık kafeslerde koyacak yer kalmamıştı. Kafesler öylesine dolmuştu ki, kuşlar artık kanatlarını bile kıpırdatamıyorlardı içerde... Birbirlerinin üstüne binip kalmışlardı. Bir yandan da Uzun yakaladıkları kuşları zorla içeriye tepiyordu.

"Ölsünler," dedi elindeki beş altı kuşu da artık ağzına kadar dolmuş, içerdeki kuşların kanatları tellerden dışarıya çıkmış kafese teperken. "Ölsünler, babamın kuşları mı? Onların günahları da bu İstanbulu Van gibi yapacak."

"Van gibi... Vandan beter edecek Allah bu insanları," dedi Semih. "Bak abi şu kuşlara, şu kuşların perişan hallerine. İki güne kalmaz, bu kuşların hepsi ölür. Eskiden insanlar iyiydi, eski kuşçular günde bin, bin beş yüz kuşu azat buzat satarlarmış. O kuşçu apartmanı var ya... Bizim gibi bir kuşçunun... Eskiden beş kafesi yalnız Yeni Cami önünde tüketirlermiş. Eskiden bu kadar çok otomobil yokmuş ki..."

"Ölecekler," diye bağırdım. "Böyle tıkış tıkış, ölecekler."

"Tabii ölürler," dedi Hayri omuzlarını kısıp, ellerini patanç aralarına sokarak. "Ölecekler. Onlar ölürler de işte o zaman gör İstanbulun halini. Bir zelzele, bir zelzele, bir zelzele olacak, ayakta hiçbir ev kalmayacak. İstanbulun tüm evleri yerle bir olacak, otomobilleri de paramparça, yüz bin parça."

Uzun :

"Yazık," dedi, "ne yazık ki, ne yazık. İstanbula çok yazık, yıkılacak. Onlar da bu kadar kötü olmasınlar. İstanbul küçücük kuşlar yüzüden yıkılacak, Van gibi olacak."

Semih :

"Şu kuşların hali yüreğimi paralıyor benim. İnsan olan... Van da böyle kuşlar yüzünden tuz buz olmuş, yerinde yeller esmiş, Zare teyze söyledi."

"İnsan olan bu kuşların haline dayanamaz," dedim.

"Niye böylesine insanlar insanlığı unuttular? Kilim olmasa... Kilimi geri alacağız. Zare teyze bir sevinecek bir sevinecek. Dünyada Zare teyze gibi iyi bir insan görmedik. Şimdi gitsek de bu kuşları hasta yatağında ona göstersek, baksa bu kuşların şu haline, hemen yüreği yanıp, pare pare olup bu kuşların hepsini ne yapar da, ne eder de, evini satar da satın alır havaya atar, hepsi de uçarlar bir güzel..."

"Bir güzel," dedi Uzun... "Vay anacığım." Gözleri yaş içinde kaldı, başını öte yana çevirdi.

"Vay Zare teyze," dediler Semihle Hayri.

Semih gözlerini bana dikti, baktı baktı.

"Bu şahinler çok mu bıldırcın yakalarlar?" diye sordu.

"Hasan Kaptan söyledi, çok yakalarlarmış."

"Kaç tane?"

"Ne bileyim ben... Yorgun kuşlar, kanatları ıslak, yağmurdan çıkıp geceleri Karadenizden gelirlermiş Rizeye... Onlar da ışık yakarlarmış kıyıya. Gelen kuş kendisini ışığa atar, ışığın dibine toplanırmış. Yağmurlu gecelerde... Kanatları ıslak, ağır... Onlar da bıldırcınları toplarlarmış."

"Onlar da," dedi Hayri.

"Ya şahinler?" dedi Uzun.

"Şahinlerle gündüz avlarlarmış. Şahinler hızlı, bıldırcınlar yavaş... Şahinleri bıldırcınlara salıverirlermiş. Başına çöküp bıldırcının... Hasan Kaptan şahin o kadar çabuk yorulmaz, dedi. Ama öğretmek gerekmiş kuşa... Salıverince kaçmasın, kuşu alınca parçalamasın..." dedim.

"Ali Şah iyi kuş öğretir. Dolapderede oturur. Benim kuşu da o öğretecek, değil mi," dedi Semih. "Ohhooo, Ali Şah gibi!.."

"Hasan Kaptan benim kuşumu alıştırdı."

"Ne oldu o kuş?" diye heyecanla sordu Semih.

"Bıraktım," dedim.

"Hiç bıldırcın yakalamış mıydı?"

"Çoook," dedim.

"Kaça bir bıldırcın?" dedi Hayri.

"Pahalı," dedim. "Belki on beş, yirmi, yirmi beş lira, iyice bilmiyorum. Kuşumun yakaladığı bıldırcınları satmıyordum ki ben..."

Uzun yalandı :

"Vay be," dedi.

Hayri de içini çekerek :

"Vay be," dedi.

Uzun sevinçle bağırdı :

"Bakın bakın," dedi göğü gösterdi, "üç tane olmuşlar... Üçü de..."

Hemen ağın ipine koştu, Hayri de gitti petaniyaların ipini çekti, kuşlar havalanıp havalanıp iniyorlardı.

Gün kavuşana kadar gözleri havada, yukarda dönen kuşların petaniyalara saldırmasını beklediler, olmadı. Kuşlar bir iki kere alttaki bağlı kuşlara saldıracakmış gibi yapıp ağın üstüne inip inip sonra çavdılar, çocukların yürekleri ağızlarına geldi, ama kuşlar gene yükseldiler.

Gün kavuşunca oraya çadırın önüne bir ateş yaktılar, isten kapkara olmuş tencerelerinde bir çorba kaynattılar, dinsiz, imansız, gavur olmuş taş yürekli İstanbul halkına durmadan üçü üç yerden sövdüler.

Bir ara Semih başını kaldırdı :

"Acıyorum abi... Yüreğim paralanıyor bu küçücük kuşlara... Bak şunlara... Kim bilir sabaha kaç tanesi ölü çıkacak. Vay..."

"Vay," dedi Uzun. "Yüreğim paramparça oluyor bu kuşlara, acıdan. Bir büyük kafes daha olsaydı, yem de alsaydık, belki ölmezdi kuşlar... Sabaha, belki hepsi ölecek."

"Ölecek," dedi Hayri.

"Abi," diye bana döndü Semih, yüzüne, uydurma bıyıklarına yalımların kızıllığı vurmuştu. "Abi, sen şimdi içinden diyorsundur ki, bu kadar acıyorsunuz da kuşlara neden bu kadar çok yakalıyorsunuz, yakalıyorsunuz da böyle üst üste kafeslere dolduruyorsunuz, öyle değil mi?"

"Öyle," dedim.

"Bak abi, bizim işimiz bu kuşları tutmak, ödevimiz. Biz kuşçuyuz, buraya kuş tutmaya geldik. Azat buzatı biz icat etmedik ki ta ezelden beri icat olunmuş, kuşçular kuş tutar, onu da İstanbul azat buzat eder."

"Öyle," dedim.

"İşte bu kuşlar belki de toptan sabaha çıkamayıp şu kafeslerin içinde ölecekler..."

"Kim bilir, belki de ölmezler."

Semih :

"Bak abi," dedi, "belki bu gece ölmezler, ya yarın beş yüz tane daha yakalar da onları da koyarsak kafeslere."

"Müşkül," dedim.

"Müşkül," dediler düşünceli, başları yerde üçü üç yerden.

"Bakın," dedim, üçü üç yerden başlarını hemencecik kaldırdılar bana baktılar. "Bakın, ben size şimdi yüz lira veriyorum, bu parayla bir de yeni büyük bir kafes alırsınız."

"Olmaz," dedi Semih.

"Neden?"

"Biz senin paranı ne yapalım. Daha bugün gördük seni."

"Bugün," dedi Uzun.

"Bugün, bugün! Olmaz," dedi Hayri. "Ayıptır. Biz dilenci miyiz?"

"Yok," dedim. "Nasıl olsa şahini yakalayacaksınız da... Ha dedim, parasını peşin alın."

"Yakalayacağız yarın erkenden."

"Şu çakır gözlü daha gelmeden."

"Gelmeden," dedi Uzun.

Dördümüz de Tuğrullara doğru baktık. Onlar orada oldukları gibi oturmuşlar kalmışlardı, kıpırtısız, çeneleri dizlerinin üstünde.

Yüz lirayı çıkarıp verdim, üçü üç yerden gülmeye başladı.

Ayağa kalktım üçü de yaylarına basılmış gibi benimle birlikte ayağa fırladı.

"Sağlıcakla kalın," dedim.

Semih :

"Yarın sabah, yarın sabah gel, üç tane şahini de... Hem de ne şahin, üç tane alıcı... Her birisi belki yüz tane bıldırcın yakalar bir günde değil mi?"

İşim çıktı da üç dört gün Florya düzüne uğrayamadım. Şahini yakaladılar mı, yakalayamadılar mı, dehşet merak ediyordum. Erkenden, denizden Ambarlıya doğru giden bir kum mavnasının patpatıyla uyandım. Gök apaydınlıktı, güneş minarelerin arkasından çıktı çıkacaktı, doğu yönünden, şehrin üstünden ışıklar neredeyse patlayacaktı. Kentin uğultusu, tekdüze bir inilti gibi ta buraya kadar geliyordu. Evden çıktım, topağaçların oraya vardım, bademler neredeyse yapraklarını dökeceklerdi. Dikenlerden kıyamet bir kuş cıvıltısı geliyordu ve dikenlerde inanılmayacak kadar çok küçücük küçücük kuşlar sarı, boz, kırmızı, pekmez rengi, yeşilimtırak, maviye çalan renkli, binlerce o dikenden kalkıp bu dikene konuyorlardı.

"Dikenlerin gür olduğu yıllar..."

"Dikenlerin iri, çok çiçek açtığı yıllar..."

"Yıl bol yağmurlu, bol karlı olursa..."

"İşte o zaman gör kıyameti."

"Kafesler işte o zaman kuştan dolar taşar."

Menekşenin çocuklarını, Floryanın, Cennet Mahallesinin, Yeşilyurdun, Şenlikköyün çocuklarını işte o zaman gör, güz gününde, yepyeni, pırıl pırıl kendi emekleri, yakaladıkları kuşlardan aldıkları paralarla pantolonlar, ceketler, ayakkabılar, gömlekler alır, pırıl pırıl, gıcır gıcır olup Basınköyde, Yeşilköyde kızlara volta atarlar. Dikenler gür olduğu, Florya düzlüğü silme, ağzına kadar çiçekle dolduğu yılların güzü de, olağandır ki, çiçeklerin de tohumları bol olur. Ve küçücük göçmen kuşlar bu diken tohumlarına bayılırlar. Bu sebepten de Florya düzlüğüne üşüşürler, yüzlercesi, binlercesi arı oğul verir gibi kuruyup kavrulmuş, kırmızı bakır dikeni çubuklarının ışıltısındaki dikenlere çokuşurlar.

Düzlükten kıyamet bir kuş cıvıltısı geliyor, dikenlerin üstü, sarı, kırmızı, boz, yeşile çalan bir renk, bir patlama, fışkırma, ok gibi uçma cümbüşünde kaynaşıyordu.

Birkaç dakikada çadırın yanına vardım. Vardım ki, ne göreyim... Kimsenin ağzını bıçak açmıyor, Semih de ortalıkta gözükmüyor. Uzun oğlanın yüzü gözü sarılı, elleri yara bere içinde, üstünde başında kan kuruyup gömleğini alacalamış. Hayrinin de yüzü gözü çizilmiş, kaşı da ta alnına kadar yarılmış, pantolonu lime lime olmuş.

Oraya çadırın önüne suskun oturmuşlar. Bana başlarını kaldırıp bakmadılar bile. Sağıma döndüm, Tuğrullar da yerlerinde yoktu.

Yanlarına, çimenli toprağa oturdum :

"Eee, söyleyin bakalım ne oldu?"

Uzun oğlan başını ağır ağır benden yana çevirdi, kuşkulu :

"Hiiiç," dedi.

Hayri de :

"Hiiiç," dedi.

Kafeslere baktım, o kadar doldurmuşlardı ki kafesleri, hiçbir kafesin daha bir tek küçücük kuş alacak hali kalmamıştı. Kafeslere baktığımı Uzun gördü, bir anda yüzünden bir sevinç gölgesi geçti :

"Gökten kuş yağıyor," dedi. "Vay anam vay! Bu kadar da olur mu? Bu Hayriyle ağ çeke çeke kolumuz yoruldu. İşte kafeslerin hali."

Az sonra, istasyonun alt başından bir kuş kümesi geldi, kuşlar üstümüze gelince ikiye bölünüp, bir bölüğü olduğu gibi bizim çocukların dikenlerine kondular.

Uzun öfkeyle :

"Konsunlar," dedi. "Bize ne! Ne satılıyor, ne bir şey, bu dinsiz imansız İstanbula..."

Dişlerini sıktı, yüz etleri gerildi kabardı.

Hayri de :

"Allahsız, Allahsız oğlu Allahsız İstanbul," diye yere kocaman bir tükürük attı. "Allahsız, iflahsız." Dişlerini sıktı.

"Eeee?" dedim, yüzlerindeki yarayı göstererek... "Semihe ne oldu?"

"Sorma," dedi Uzun. "O gitti."

"Niye?"

"Gitti o."

Başımla Tuğrulların yerini gösterdim.

Uzun, gene dişlerini sıktı, ayağa kalktı, geri oturdu.

"Anlat be Uzun," dedim.

Uzun güldü, bir muştu verir gibi :

"Senin şahini üç gün önce, yani sen buradan ayrılır ayrılmaz tuttuk," dedi.

"Tutunca..."

"Kuş seni bekliyormuş, sen gider gitmez, kuş şuraya," kavağın yukarısındaki uzak göğü gösterdi, "geldi dikildi, oraya çakılmış gibi durdu, kanatları titredi titredi, birden toparlandı, hışım gibi petaniyanın üstüne indi, kuşu kaptı kaçarken ağı üstüne kapattı Semih, ben iki adımda yetişmeseydim, kuş ağı parçalayacak kaçıp gidecekti. Semih kuşu hemen elimden aldı..."

Ortada tuhaf bir sessizlik oldu. Uzun konuşmak istiyor, yutkunuyor, gözlerini bana dikip bir süre bakıyor, boynu gene uzuyor, telaşlanıyordu ama konuşamıyordu.

Dayanamadım :

"Ne var Süleyman, ne oluyor?" diye sordum.

Süleyman bayağı terlemeye başladı, uzun boynundaki damarlar da durmadan seyiriyordu.

"Kuşu eline alınca ne dedi Semih biliyor musun?"

Gene sustu konuşamıyordu.

"Ne bileyim ben," dedim.

Uzun kendini zorladı, Hayri yere bakıyordu.

"Ne dedi biliyor musun, bu kuş benim, dedi. Bu kuşu o kadar sevdim ki, dedi, o kadar olur. Bu kuşu kimseye vermeyeceğim, dedi... Yaaa... Öyle dedi işte..."

"Sonra?"

Hayri başını kaldırdı :

"O Semihte hiç iş yokmuş, onda erkek damarı yokmuş," diye bağırırcasına çabuk çabuk konuştu, sonra da sustu başını önüne eğdi, yüzü kıpkırmızı olmuştu, sonra da yerinden fırlarcasına ayağa kalktı, döndü : "Tüh be," dedi, şaşırmış, bir süre öyle kalakaldı. "Tüh be!" Yerine oturdu, dizlerini kucakladı, sıktı, çenesini dizinin kemiğine vurdu.

"Ayıp be!"

Süleyman :

"Ben ne dedim... Ben ona dedim ki, yahu Semih, dedim, bu olacak iş mi, bu kuşun parasını biz abiden almadık mı, bu kuş o abinin değil mi?"

"Tüh be, ayıp be, erkekliğe sığar mı?"

"Ben ne dedim ona?" Sesi titriyordu : "Semih be dedim Semih, ulan hiç parası alınmış kuş hiç senin olur mu?"

"Tüh be, ayıp be!"

"Sonra o kuşu biz abiye vermezsek, bundan böyle artık insan insana güvenir mi, değil mi? Ben ne dedim ona, Semih, dedim, bir daha yakalarız, onu da sen alırsın. O bana dedi ki, tüh be, o yakaladığımız kuşu veririz abiye. Bu benim öz bir kısmetim, dedi. Ayıp be, dedim. Tüh be, dedim. Bu dünyada hiç mi insanlık kalmadı be... Biz böyle konuşurken, oradaki çocuklar var ya, çakır..."

"Çakır," dedi Hayri dişlerini sıkıp, "çakır."

"İşte onlar da çakır gözlerini açmışlar sonuna kadar, na böyle böyle..." Uzunun gözleri yumruk gibi yuvalarından uğradı. "İşte böyle bize bakıyorlardı. Onlar oraya oturmuşlar, hep niye öyle sabahtan akşama kadar bize bakıyorlar?"

Çok merak etmiştim :

"Niye?" dedim.

"Biz bu kuşların kafasını ne zaman koparıp da yiyeceğiz, kebap edip yiyeceğiz, onu bekliyorlar. Biz açız ama, acımızdan ölsek de bu küçücük kuşları pişirip yemeyiz..." Büyük gizlerini ağzından kaçırdığına bin pişman lafı değiştirmek için telaşlandı, bir sürü sözcüğü anlamsız ağzında dolaştırdı. "Yüz liranın elli lirasına kafes aldık ya... Aldık işte, ne yapacaktık yani. Elli lirasını da Semih aldı. Bize vermedi."

"Yani ekmek alamadınız."

"Aldık, aldık, çok ekmek aldık, karnımı bir doyurdum bugün, zeytin ekmek, peynir ekmek ohhooo... Hayri gitti Menekşeden aldı getirdi taze ekmeği... Ekmek bir tazeydi ki, bir de sıcaktı, oooh, elim yanıyordu. Oooh, ekmek bir taze, bir tazeydi..." Zevkle gözlerini yumdu. "Değil mi Hayri... Karnım şişti yiye yiye değil mi Hayri? Ne güzel doyduk, değil mi Hayri? Hayriye o fırıncı var ya, ekmeğin en tazesini veriyor. Ekmek kalmazsa bizim için fırının içinde ekmek saklıyor. Biz de ona her gün beş tane kocaman florya götürüyoruz, sıcaak.. Değil mi Hayri?"

Hayri sert, öfkeli, dolmuş gözlerle başını kaldırdı, göz göze geldik, gözleri dolmuştu, sadece :

"Sıcak," dedi keder dolu bir sesle.

"Yedik," dedi Süleyman.

Hayri gülümsedi.

Bu sefer sözü ben değiştirmek zorunda kaldım.

"Sonra?" dedim.

Süleyman uzun boynunu gererek, benim bu sonra sözcüğüme can kurtaran simidi gibi sarıldı.

"Sonra, sonra abi, Semih çadıra girdi, bir kuş dolu kafes aldı dışarı çıktı, kafesteki kuşları dışarıya savurdu. Kafesteki kuşları dışarıya savurunca onların yerine kucağındaki şahini koydu. Kucağındaki şahini kafese koyunca, şahin onun elini yüzünü çırmaladı, kan içinde kaldı Semihin bütün yüzü, elleri, saçları, kandan yüzü kıpkızıl olmuştu, değil mi Hayri?"

Hayrinin üç köşe gözleri daha da köşeleşmiş sivrilmişti, tıpkı bir üçgen gibi. Başını kaldırmadan :

"Kıpkızıl," dedi.

"Sonra Semih kuşu kafese koyunca..."

Kuş göğsü çakır, gagası sert, kanatları kestane rengi, iri, büyük, sert, keskin, canlı, fıldır fıldır gözlü bir alıcı kuştu. Uzun kafesin içinde kanatlarını bir uçtan bir uca açmak istemiş, bir kanadı fırlamış kafesin tellerinden dışarıya çıkmış, ötekisi içerde bükülmüş kalmıştı. Semih kuşu kafese koyduktan sonra, daha yüzünü gözünü silmeden, öyle kan içinde, parçalanmış, vardı çakırın karşısına dikildi. Altı eşşek kadar çocuk bir yanda, onların da karşısında Semih tek başına, orada kavak ağacının altında hiç konuşmadan yumrukları sıkılmış bir süre karşı karşıya kaldılar.

Önce Semih :

"Ne yani ulan?" dedi. "Gözünüzü dikmişsiniz, öyle yiyecekmiş gibi günlerdir ne bakıyorsunuz öyle, ne yani ulan! Siz hiç insan görmediniz mi?"

"Gördük," dedi Tuğrul.

"Ulan senin baban ulan," dedi Hüseyin.

"Çatmayın bu uğursuzlara," dedi balıkçı Erol, üstü başı balık puluna batmıştı, balık kokuyordu ta beş metre öteden bile.

"Senin sülalen uğursuz," dedi Semih. Yumrukları sıkılmış, omuzları kabarmıştı Semihin. "Çakır gözlü uğursuz köpek... Geldik geleli o iğrenç gözlerini dikmiş bizi dikizliyorsun, Menekşe karısı, orospu."

"Sizi seyretmiyoruz," dedi Hüseyin.

"Nasıl açlıktan öleceğinizi görmeye geldik buraya," dedi balıkçı Erol. "Kuşları satamayıp da..."

"Açlıktan ağzınız kokuyor," dedi Tuğrul.

"Bizim çooook kuşumuz var," diye Semihin yanına geldi Uzun Süleyman. "Size ne ulan, ulan oğlu ulan muhallebiciler biz aç ölürsek, ananız orasına kına mı yakacak, otuz altı mumlan?"

"Yakacak," dedi Semih gülerek kan içindeki yüzünden gülüşü belli olmayarak. "Otuz altı mumla değil de bunların anaları üç yüz seksen mumla kına yakarlar."

Ötekiler bu yaman sözler karşısında apışmış kalmışlar, daha okkalı sözler söylemeye hazırlanıyorlar, bir türlü de bıçkın Semihin gün görmemiş sözlerine karşı çıkacak, onun sözlerini dengeleyecek söz bulamıyorlar, Semihse ağzı açılmış gürül gürül veriştiriyordu. Tuğrul yutkunuyor, yutkunuyor, sözleri ağzında yarım kalıyor, bir türlü başladığı sözü bitiremiyordu. Sonunda canını dişine taktı :

"Siz..." dedi... "Siz, siz..."

Semih :

"Ne olmuş bize?" diye üsteledi. Azıcık da onu konuşturup bir iyice kızışmak istiyordu.

"Siz, siz, acınızdan ölürkene, şu küçücük kuşların kafalarını koparıp koparıp yiyeceksiniz."

Semih uzun bir kahkaha attı :

"Yiyeceğiz ya, niye yemeyelim, kuşları biz tutmadık mı, tabii, ne güzel, şuraya bir ateş yakıp bir kucak kırmızı köz, oooh, kim bilir bu sakalar, floryalar kızarınca oooh, ne güzel olur, kim bilir ne güzel, ne güzel..."

Dilini şapırdattı :

"Biz bu kuşları zaten tatlı canımız için, yemek için tuttuk, yiyeceğiz."

Yiyeceğiz, derken gene dilini şaplattı. "Yiyeceğiz!"

Uzun da dilini tıpkı Semih gibi şaplattı.

Hayri de öyle.

Ötekiler şaşırmış kalmışlardı. Tuğrul :

"Yiyecekler, yiyecek, yuuuuf, küçücük kuşları yiyecekler, yufff!"

Hüseyin :

"Yiyecekler yuuuuf!"

Balıkçı Erol :

"Canavarlar, küçücük kuşları yiyecekler yuuf!"

"Yiyeceğiz, ooh, ne güzeeel..."

Bu karşılıklı, yuflarla, yiyeceğizlerle dalaşma uzun bir süre karşılıklı sürdü gitti, sesleri kısılıncaya, usanıp bıkıncaya... Sonra birden nasıl oldu nasıl olmadı, altılarla üçler kapıştılar. Florya düzlüğünde küçük bir savaş gibi bir dövüş oldu. Olağandır ki, üçler muhallebicilere baskın çıkıyorlardı. Nice belalardan, kavgalardan geriye kalmışlardı. Sonunda, kavağın altından çıkan uzun bir çığlık ta Basınköyü, Menekşeyi, Şenlikköyü bile buldu.

Semih bıçağını çekmiş ortada dolanıyordu. Çocuklar çığlık çığlığa, çil yavrusu gibi oraya buraya dağılmışlar, koşuşturuyorlardı korkudan deliye dönmüşler.

"Yaaa abi, işte böyle, Semih o korkakların arkasından üç kere tükürdü. Ondan sonracığıma yüzünü gitti şu çeşmede yıkadı, bıçağını da cebine koydu, şahini kafesten çıkardı, bir iple ayağından bağladı, yola düştü gitti. Ne bana, ne de Hayriye bir tek söz bile söylemeden bastı da gitti. Olur mu be abi, bu arkadaşlığa, insanlığa sığar mı?"

"Sığar," diye kızdı Hayri.

"Neresi sığar be?" Gözlerini yuvalarından fırlatarak, boynunu upuzun uzatmış şaşkın sordu Süleyman.

"Tüh be insan kalmamış bu dünyada, Semih de bunu yaparsa."

"Semih geri gelecek," dedi Hayri inançla, güvenle. "Gelecek, hem de ne gelecek..."

"Biliyorum gelecek, gelecek ama, Semih puşt değildir ama abi, böyle bir tek söz bile söylemeden gitmek de, sırtını dönüp gitmek de neyin nesi?..."

"Sus be," diye köpürdü Hayri. "Sus be diyoruz sana. Gelecek diyoruz sana."

Süleyman indirdi :

"Tabii gelecek," dedi.

"Abinin de kuşunu yarın tutacağım."

"Boş verin yahu, tutulmasa da olur."

"Olur mu, olmaz!" dedi Süleyman. "Ayıp."

"Olur mu, ne ayıp, olmaz," dedi Hayri.

"Öyleyse çocuklar, alın size yüz lira daha. Bir iki büyük kafes alırsınız buna... Artanını da..."

"Olmaz, olmaz," dedi Uzun.

"Olmaz, olmaz," diye dayattı Hayri.

Onlar parayı almamakta kararlıydılar, ben de vermekte... Uzun bir cebelleşmeden sonra ben onlara baskın çıkıp parayı Hayrinin cebine koydum.

"Yarın gel kuşunu al," dedi Süleyman. "Yarın erkenden gelip kuşunu almazsan, ölümü öp."

"Yarın otuz, kırk, elli, altmış kuşu dizerim şu dikenlerin altına, kokuyu alan alıcı kuş saldırır, alan saldırır," dedi Hayri.

"İyi," dedim. "Ben de şimdi Menekşeye gider eski kuşçulardan kuşu nasıl sattıklarını öğrenirim, siz tutmasını iyi biliyorsunuz da, satmasını hiç bilmiyorsunuz."

"Bilmiyoruz," dediler.

Gerçekten bu Florya düzüne kuş yağıyordu. Dikenlerin arasından geçerek Menekşeye, kahveye indim. Mısır patlakları gibi dikenlerde yüzlerce sıçrayan vıcır vıcır küçücük kuşlar. Bunlar böyle nereden gelir, burada bir süre, eylülden aralık ortalarına kadar konaklayıp, sonra nereye uçarlar, hangi dikenlere? Aralık sonuna doğru Florya düzünde öyle pek ayakta diken kalmaz, esen sert yeller, yıldız poyraz, karayel, hem de ak köpüklü lodos onları köklerinden kırar, oraya buraya dağıtır, tohumları da saçılır. Şu doğa büyücüsü olamaz işler gerçekleştirmiştir. Şu parmak kadar parmak kadar, burada çocukların ağlarına düşmemiş kuşlar, kim bilir buradan nereye kadar, dağlar, bozkırlar, denizler çöller aşarak nereye kadar uçarlar, nereye yuva yapıp nereye yumurtlarlar? Doğanın gerçekleştirdiği büyüye delicesine şaşırmak gerek. Gökyüzüne saçtığı, bu inip çıkan, çavan parlak renk parçacıklarına, ışılayan, binlerce renk karmaşasında, kaynaşmasında balkıyan...

Kahveye indim, köprünün altında balıkçı motorları yatıyorlardı. Mahmudu buldum. Mahmut burada doğmuş, burada büyümüştü. Bu yöreleri, Menekşeyi, Çekmeceyi, Ambarlıyı, Uzun Mağarayı, gölü, bu yörenin denizlerini, nişanlarını avucunun içi gibi biliyordu. Bir çırpıda, o küçük kuşlardan var ya, onunun yirmisinin adını, renkleri, sesleri, gözleri gagalarıyla bir çırpıda sayıp döküyordu. Mahmut yaşını hiç göstermiyordu ama gene de bir altmışında vardı. Elini arkasına bağlayıp kimseyle konuşmadan deniz kıyısında, bazı günler, gün doğumundan gün batımına kadar gidip geliyordu.

"Merhaba," dedim.

"A be vay merhaba," dedi. Bir şey istediğimi anlamıştı yürümesini kesti. Yanına vardım :

"Şu Yeşilköye doğru bir yürüyelim, soracaklarım var."

"Yürüyelim," dedi.

Yürümeye başladık. Yüzünden bir sevinç çığlığı koptu, her bir yanı aydınlığa battı. Ben ben oldum olası böylesi ta yürekten, can evinden gülen, yanındakini de kendi sevincinin içine alıp yoğuran, sevinçten çılgına döndüren böyle tatlı bir insan görmedim. İçime aydınlık doldu, yüreğim pır pır etti. Şu İstanbulun kirinden pasından, göz oyan kıskançlığından, kötülüğünden sıyrıldım, yeni başka bir güne doğdum. Sen sağ olasın, var olasın, dünyalar durdukça şu alçakgönüllü, ta can evinden, tekmil damarlarından çekilip gelen gülüşünle durasın. Yaşşa be Mahmut arkadaşım.

Böyle gülen adamların dişleri de pırıl pırıl, apak, inci gibi olur, hikmeti hüda.

"Gene," dedi, "kuşların balıkların adını mı saydıracaksın?"

Başladı balıkların, gün görmemiş duyulmamış adlarını saymaya... Menekşeden Floryaya kadar yürüdük, o daha balıkların adını, huyla-

rını huslarını, renklerini sayıştırıp duruyordu.
"Dur," dedim. "Başka bir gün bu saydıklarını olduğu gibi yazarım."
"Yaz," dedi. "Balık destancısı Mahmudu yaz. Bizim işimiz de bu. Balıklara destan söylemek."
"Bu saydığın balıkların hepsini de yakaladın mı?" diye sordum.
"Nerdeeee?" dedi. "Bu balıkların hepsi bizim denizlerimizde yok ki... Ama bu adını saydığım balıkların hepsini gördüm. Akdenizi ta buradan Cezayire kadar dolaştım, balık tuttum."
"Ya adını saydığın kuşları?"
Gülümsemesi yüzünde dondu :
"Keşke yakalamasaydım, hepsini yakaladım."
Ve kuşlara geçti.
Ve Bizanstan bu yana, daha da önceleri belki... O zamanlar Florya düzlüğünde ta surlardan bu yana bir tek ev yok, orman ve çayırlık, çayırlık hem de dikenlik... Kuşlar böyle değil, akın akın, gökyüzünü örterek, bir kelebek sürüsü yoğunluğunda... Bir diken topunun içine oturursun, bir de ayağa kalktığında yüzlerce küçücük kuşun arasında kalırsın. Kuşların kanatları kulaklarına, ellerine, alnına yüzüne değer... Bir kuş yağmuru ortasında kalırsın. Bir mavi kuş vardı, o zamanlar, şimdi gelmez oldu, kökü kesildi zaar. Küçücüktü, bir başparmaktan az iriceydi. Belki de daha iriydi de, insanın kafası makine değildir ki, küçüğü büyük, büyüğü küçük anımsar. Som mavi, güzel, biçimli gagalı, iri kapkara gözlü, lekesiz, yanardöner mavide bir kuştu. Mavisi insanın yüzüne gözüne bulaşır, içine bir aydınlık seli gibi boşanırdı. Dünya aydınlık, güzel, sevinçli bir som mavide balkırdı. Kuşlar geceyi, ay ışığını bile mavilerdi.
Şenlikköyünün oralar bostandı. Gözleri bağlı beygirler dolaplarda dönerek su çekerlerdi, yeşile. Mavi kuşlar yağardı... İnsanın üstüne, başına konarlardı, yüzlerce, insan kuşlardan mavi bir yontu olurdu.
"Ben bu kadar ömür yaşadım, bu kadar insana yakın, candan, sıcacık, insandan daha insancıl bir kuş görmedim."
"Yakalar, azat buzat, diye bu kuşları cami önlerinde satar mıydın?"
"Kıyamazdım onlara, yumuşak, kadife gibi bir mavi. Kıyamazdım, benim yakaladığım, azat buzatlık için ispinoz, iskete, bazı bazı da sakaydı. Bu küçük kuşlar dayanıklıdır. Oysa ki, mavi inceciktir, uzun-

dur, tüy gibi, kelebek gibi, dokunsan dağılıverecekmiş gibidir. Bir kere olsun onlardan, mavilerden bir kuş yakalayıp da azat buzat, beni cennet kapısında gözet demedim. Benim kutsal kuşlarımdı o maviler. Belki de bu düzlüğe benim için, Mahmut deyip de geliyorlardı. Dokunmaya, okşamaya kıyamazdım onları."

O zamanlar her gün binlerce kuş tutulurdu Florya düzlüğünde, binlerce kuş götürülürdü İstanbula, Eyüp Camisinin, Yeni Caminin, Sultan Ahmedin, Ayasofyanın, Mihrimah Sultanın, Fatih Camisinin önüne : Azat buzat, beni cennet kapısında gözet... İnsanlar saldırırlardı kafeslere, birbirleriyle yarışırlardı bir kuş satın almak için. O zamanlar kuşçular İstanbula kuş dayandıramazlardı. Kiliselerin, havraların önünde de her gün binlerce kuş kafeslerinden, üstlerine dualar okunup salıverilir ve arkalarından, özgürlüğe kavuşmuş sevinçli kuşların, kıvançla umutla bakılırdı. Mahmut bir keresinde bir kafes dolusu kuşun ayaklarına, sarı, kırmızı, mavi, yeşil iplikler bağlamış, azat buzat uçurmuş.

"Yeni Caminin önünde azat buzat sattım, ayakları işaretli kuşları. Bir anda Yeni Caminin göğü, Karaköy, Eminönü uçan kuşlarla doldu. Gittim, şimdiki ormanın yeri o zamanlar orman gibi dikenlikti, oraya ağımı kurdum. Bir baktım, ikindiye doğru benim işaretlediğim kuşlardan altısı düşmemiş mi gene ağa? Bir hafta içinde tam üç yüz altı tane kuşu yeniden yakaladım. Bir tanesi üç yıl sonra ağımda çıkınca sevincimden deliye döndüm."

O zamanlar kuşçuluk çocuklar için bayağı karlı bir işti. O zamanlar insanlar, daha iyiydiler denemez, kim bilir, ama daha başkaydılar. Belki de kuşları daha çok seviyordular. Belki de yürekleri yufka, daha acımayla, daha sevgiyle doluydular. Belki de doğaya daha yakındılar, kim bilir... Şimdiki insanlara vız geliyor kafeslerde küçücük kuşların ölmesi. Kiliselere, havralara artık uğrayan kalmadı, pazardan pazara, o da birkaç kişi, ölümden ölüme, o da birkaç kişi. Camilerden çıkan çember sakallı, başları inadiyeli korkunç öfkeli yüzleriyle diş gıcırdatanları, bu o güzelim Süleymaniyenin güler yüzüne hiç yakışmayan asık, ölüm suratlılar mı acıyacak kafesteki küçücük kuşlara da, azat buzat eyleyecekler... Heheeey, vay anam vay! Belki Eyüpte, Eyübün fakir fıkarasında kaldı azıcık acıma... Bir de Taksimde... Taksim kentin en kalabalık yeri, o kadar kalabalığın içinden birkaç insana benzer insan çıkmaz mı birkaç kuruş vererek, şu küçücük kuşları sevinç içinde kalarak, kıvançtan dört köşe olarak salıverecek? Kuşlar, alimallah, bir salıverilsinler, bir anda inerek çıkarak, çavarak ta Şeraton otelinin üstünden aşıp bir anda Boğazı bulurlar.

"Taksimden, bir de Eyüpten başka yerden umut yok."

"İnsanlık öldü mü?" dedim.

"Yok," dedi, "ölmedi, ölmedi ama, bir şeyler oldu, başka bir yerlerde sıkıştı kaldı herhalde?"

"Nerede kaldı acaba?"

Mahmudun yüzü bir sevinç ışığında şakıdı. İnsanlık belki Mahmudun bu ağız dolusu gülüşünde, bu yürek dolusu sevincindedir, kim bilir, belki...

"Kuşlar da gitti," dedi Mahmut.

Sonra hiç konuşmadık. Kuşlar da gitti, kuşlarla birlikte de... Ne olacak, kuşlar da gitti.

Azgın suratlı, bereli adamlar, gözleri velfecr okuyan, camiden Allahla yaman bir dövüşten çıkmışçasına, yüzlerinin olanca nurunu orada, içerde bırakmış çıkan insanlar, mümin mi bunlar, bu öfkeden bastıkları yeri çatlatanlar, bunlar mı mümin? Kuşlar da başlarını alıp gittiler, çoktaan...

Şu Taksim alanında birbirlerini ezenler, o kadar insanın içinde hak tu, diye ortalığa tükürük savuranlar, sümkürenler, sümüklerini ağaç gövdelerine sürenler, hasta yüzlüler, vıcık vıcık boyalılar, suratlarından düşen bin parça olanlar, düşman gözlüler, gülmeyenler, birbirlerine düşmanlar gibi, birbirlerini yiyeceklermiş gibi, birbirlerinin gözlerini oyacak, kuyusunu kazacaklarmış gibi bakanlar, korkanlar, utananlar, bunlar mı, korkanlar, ben ben, ben, diyenler, bunlar mı? Kuşlar da gitti... Giden kuşlarla...

"Belki fabrika önleri işçiler dağılırken... Belki sebze hali, oradaki Kürt hamallar. Kürtler, dil bilmezler ama kuşlara bayılırlar."

Belki bir yerlerde, bir köşelerde kuş alıp salıverecek kadar yüreği yufka birkaç insan kalmıştır, kim bilir, belki.

Haydi lan Uzun Süleyman, haydi lan üç köşe gözlü öfkeli, konuşkan olmayan Hayri, yüklenin ağzına kadar kuşla dolu kafesleri! Şu insanoğlu hiç belli olmaz, bir bakmışsın ki, Taksim alanında, onları bir tutarak tutmuş, ardı ardına sıralanıp kuyruğa girmişler, her bir kişi, bir de bakmışsın ki, beş, on, yirmi kuşu birden alıp gökyüzüne koyuveriyor... Bir anda da kafesler bomboş ve sizin cebiniz şakır şakır parayla dopdolu. Semih sizi böyle utançlar içinde bırakıp gittiğine yansın, bin pişman olsun. Gerçekten şu insanoğlu bir tuhaftır, hiç mi hiç belli olmaz, bir bakmışsın bir iyi gününe gelmiş.

Nedense artık kavağın altına, çadıra uğrayamaz olmuştum. Ya alıcı kuşu bana yakalayamadılarsa... Kuşu istediğime bin pişmandım. Sonunda, bir gece dayanamadım, dehşet merak ediyordum çocukların durumlarını. Ne yapmışlardı, daha ne kadar küçücük kuş yakalamışlardı. Gökten, bugünlerde çoğalarak kuş yağıyor, Florya düzü som kırmızıya, uçan yalım parçalarına, sarıya, yeşile, turuncuya, som maviye kesiyordu. Uzak kentten uğultular gelip düşüyordu dikenlerde arı oğul verir gibi uçuşan kuş cıvıltılarının üstüne. Kurumuş bakır dikenliğin üstü pır pır kuşlardı, incecik havayı sallayan.

Gökyüzü silme, ağzına kadar taşmış yıldızdı. Deniz yıldız ışığında donuk pırıltılarıyla inceden dalgalanıyor, ormandan esen ılık çam kokusuna, denizin tuzu, iyotu karışıyordu.

Çadırın önünde yanan küçücük ateşi görünce sevindim. Demek bizimkiler daha gitmemişler, direniyor, dayanıyorlar. Yanlarına varınca beni bir tuhaf karşıladılar, soğuk diyemeyeceğim ya, geldiğimden hiç de kıvançlı gözükmeyen bir tavır aldılar. Hayri hiç başını kaldıramıyordu.

Uzun birkaç kere boğazını temizledi, konuşmakta zorluk çekiyordu. Çabucak ateşin önüne bir gazete kağıdı serdi :

"Otur, otur abi," dedi usulca. "Hoş geldin."

Oturdum, o da yanıma oturdu. Hayri daha ayakta duruyordu.

"Gel Hayri otur," dedim. Sağımdaki yeri gösterdim, oturdu. Yüzüme gene hiç bakmadan.

"Hoş geldin," dedi.

Uzunla bir süre gözümüzü ateşe dikip sustuk. Neden sonra uzun Süleyman :

"Abi," dedi, "biliyor musun, senin o arkadaşın var ya, Mahmut abi, buraya geldi, bizimle konuştu. Her bir şeyi, kuşları sordu. Ne iyi..."

"İyi adamdır Mahmut," dedim, "bulunmaz adamdır."

"Bak abi," diye başladı Uzun... "Bak abi..." Şimdi, çabuk çabuk sözleri elinden alacaklarmış gibi konuşuyordu Uzun. "Ah abi, senin kuşu yakalayamadık. Kuşlar küstü bize. O kadar geldiler, o kadar kovaladık ki onları, o kadar aşağılayıp yakalamadık ki, şu küçücük kuşları yakaladık da, onlar da küstüler bize, insanlara, başlarını aldılar çektiler gittiler. Sen olsan naparsın, gelirsin, gelirsin, her gün kovalanırsan, ondan sonra da azıcık insanlık varsa içinde çeker gidersin, değil mi? Değil mi abi?"

"Öyle," dedim.

"İşte kuşlar da gitti."

"Giderler, aldırma," dedim.

"Bak abi, Allah seni inandırsın, belki yüz tane petaniya yaptık Hayriyle..."

"Yüz tane," dedi başını kaldırmadan Hayri.

"Üstümüzde, bir gün akşama kadar yedi tane alıcı kuş, göğüslerini esen yele verip kıpırdamadan kanat kanada öyle durdular da havada, şu kavağın tam üstünde, bir de durmadan petaniyaları kaldırdık da bana mısın demediler. Bir tanesi gözünü yan yatırıp da aşağı, uçuşan petaniyalara bakmadı. Bir tanesi yerinden kıpırdayıp da aşağıya inmedi, inecek gibi bile olmadılar. İkindiye doğru da Hayri artık dayanamadı." Dayanamadı derken gözümün içine baktı, bir şey, küçük bir devinim bekler gibi.

"Dayanamaz," dedim.

"Hayri ağzını dikti havaya ana avrat kuşlara veryansın etti, ne leş kargalıklarını, ne bokluklarını bıraktı, sövdü sövdü..."

Hayri de :

"Sövdüm," diye ekledi hınçla. "Sövdümse iyi yaptım."

"İyi yaptın Hayri," dedim.

Hayri alay ediyor muyum diye, başını kaldırıp bana kuşkuyla baktı.

Ben :

"İyi, iyi yaptın, böylesi inatçı, boklu kuşlara ağız dolusu sövmekten başka çare yok," dedim.

Sanırım ki Hayri yatıştı.

Uzun, sözü ağzımdan aldı :

"Kuşlar da, kuşlar da bu kadar sövmeye dayanamadı, uçtular gittiler. Hayri o kadar konuşmaz ya, onun üstüne küfür bilen azdır bu İstanbulda."

"Azdır," dedi Hayri.

"Onun ustası Pehlivan İsmaildir, balıkçı, Samatyalı."

"Samatyalı Laz İsmail," dedi Hayri.

"Böylesi küfürlere taş olsa taş dayanamaz. Kuşlar dayanabilirler mi?"

"Dayanamazlar."

"Kuşlar da gitti," dedi Uzun Süleyman, sesi kederli, utangaç, küskündü.

"Gene gelecekler," dedi Hayri. "Onlar gene gelecekler. Bu sefer olup biteni unutacaklar..."

Ayağa kalktı, kollarını açtı :

"İşte böyle petaniyalara saldıracaklar, işte ben de böyle onları yakalayacağım."

Hayri bir anda hışım gibi petaniyalara inen kuşu, kuşun üstüne kapanan ağı, kuşu yakalayışını, kuşun elini paralayışını, onu kafese koyuşunu oynadı, sonra da suskun yerine çöktü oturdu.

Süleyman :

"Kusura bakma abi, kuşunu yakalayamadık. Kuşlar gene gelecekler, biz de..."

"Kuşlar unutkan olurlar, gene gelecekler."

Hayri öfkeyle :

"Gene gelecekler," dedi, sesi bıçak gibiydi.

"Biz de onları yakalayacağız."

"Aldırmayın yahu," dedim, "yani yakalamasanız ne olur ki..."

"Olmaz," dedi Hayri, sert. "Olmaz abi, biz dilenci, hem de dolandırıcı değiliz."

"Değiliz," dedi Uzun, şaşırmış bir hali vardı.

"O nasıl söz yahu," dedim. "Ne biçim laf."

Süleyman sözü değiştirdi :

"Mahmut abi..." dedi.

Hayrinin sevindiğini bu karanlıkta nasıl anladım? Ne konuştu, ne de ateşin ışığında yüzünü gördüm.

Uzun gitti, dikenli tel ağıllarının dibinden bir kucak çalı topladı geldi, ateşe attı, ateş büyüdü. Hayri de gidip bir kucak çalıyla döndü. Az bir sürede ateşin yanında büyücek bir çalı çırpı öbeği oldu.

"İşte bu iyi," dedi. Sonra yalımların karşısında, üçümüz de kendi içimize kapandık. Neden sonra Uzun Süleymanın ağzı açıldı. O konuşmayan Hayrinin de ağzı açıldı ki... Bu konuşmayan adamlar bazı konularda bir konuşmaya başlamasınlar durdur durdurabilirsen...

Denizden sabah sularının beyazı vuruyordu Belediye Plajının önündeki ulu çınar ağacının dallarına, ağacın doruğu ışık içinde kalıyor, oradan düzlüğe bir aydınlık seli boşalıyordu. İstanbulun üstü kıpkırmızıydı, neredeyse gün doğacak, kurşun kubbelerin üstü şimdi ağarmış olacaktı. Ötelerden, Ambarlı yörelerinden bir motorun pat patı geliyordu. İki çocuğun da başları göğüslerine düşmüş oturdukları yerde uyumuş kalmışlardı. Ateş de yalımlarını yitirmiş külleniyordu. Kafeslerdeki kuşlar da uyumuşlardı ya, kavağın kökü yanındaki kafesten rahatsız bir kuşun çırpıntıları geliyordu arada bir, sonra, bir an için kafes karışıyor, sonra da birden her şey susuyordu. Seher yeli ormandan, denizden, Çekmece gölünden, dört bir yandan efiliyor, insanın içini yuyup arıtıyor, bir tüy gibi insanı yeyniltip uçuracakmış gibi dünyayı sevinçle dolduruyordu.

Ali Şah Dolapderede oturur. O Dolapdere ki İstanbulun en cümbüşlü, karmaşık, büyülü yeridir. İstanbul büyüktür, geniştir, uçsuz bucaksızdır, içinde karınca gibi insan kaynar ya, büyüklüğünün, genişliğinin, türlü türlülüğünün bir sınırı vardır, bellidir. Dolapdere küçüktür ama bir dünyadır, türlülüğü, genişliği, büyüsü, insanı, kaynaşması sonsuzdur. Korkmadan demeliyiz ki, türü içinde şu Dolapdere bu yeryüzünde bir tanedir. Yoldur, labirenttir, gecekondudur, randevuevidir, karhanedir, namuslu, kız oğlan kızdır. Kiri İstanbulu götürür. Temizliği sakız gibi gıcır gıcırdır. Bir insan mahşeridir, doğudan, batıdan, güneyden kuzeyden ipini koparan soluğu burada almıştır. Oto tamircileri, lüks feneri, denizci fenerleri, iki tekerleği kalmış bir bisikletten yepyeni bir bisiklet çıkaran bisiklet onarıcıları, oto yapanlar, deniz motoru, yepyeni tekneler icat edenler, kabara çakanlar, bez dokuyanlar, tombalacılar, tombala çekenler, kaçak sigara satanlar, içkiyi en efendice içenler, zilzurna sarhoş olanlar oradadır. Yetmiş iki milletin adam olmamış, dikiş tutturamamışları gelmişler oraya sığınmışlar, bir baltaya sap olmuşlardır. Dolapderenin insanlığının, hergeleliğinin, açmazının, düşüklüğünün, dostluğunun, sevgisinin, hayınlığının ölçüsü yoktur. Velhasıl büyülü bir beldedir orası. Nereden gelmişse gelmiş, ister bey konağından, ister çingene çadırından gelmiş olsun oraya düşen Dolapderenin çamurundan, hayuhuyundan bir daha yakasını kurtaramaz. İsterlerse dünyayı bağışlasınlar o kişi bir daha Dolapdereden çıkamaz. Çingenesi, İngilizi, Fransızı, Kürdü, Lazı, Türkü Türkmeni, Acemi Arabı bir kere kapılanmaya görsünler Dolapdereye, öldür Allah bir daha oradan dışarıya çıkamazlar. Yetmiş iki dil konuşulur Dolapderede. Yanık tenli çingeneler, sarışın göçmenler, uzun boylu Kürtler, güzel gözlü Gürcüler bin bir türkünün, bin bir lehçesini getirmişlerdir buraya. Dolapdere İstanbulda birincidir, var mı ötesi, var diyenin alnını karışlarım, Dolapdere dünyada da birincidir. Bin dokuz yüz kırk üç yılının güzünde Dolapdereli, beli ince, kara uzun saçlı, ta saçları topuğuna değen, hem de sırma tel gibi parıldar, Dolapdere uzun saçta da birincidir, yanık tunç tenli, iri mavi gözlü Zühre göbek atmada, bir dakikada kim bilir ne kadar göbek kıvırmada, Kasımpaşa meydanında üç gün üç gece göbek atarak Sulukulelilere baskın çıkarak birinci gelmedi mi, göbek atmada dünya birinciliğini Sulukulenin elinden Dolapdere almadı mı, alıp da bütün surları, Sulukuleyi, çat diye ortasından kırmızı, bir karpuz gibi çatlatmadı mı? İşte böylesi bir Dolapderenin en ünlü kişisi Ali Şahtır. Burada ayı oynatıcısı kemancı Rüstem de, kemençeci Halim de, yosma Gülizar da ünlüdür ama Ali Şahın üstüne erişecek kimse çıkmamıştır şimdiye kadar Dolapdereden. Sulukulenin en ünlü çingeneleri, çeribaşıları bilem hünerde, insanlıkta, dostlukta, mertlikte eline su dökemezler Ali Şahın. Ali Şah kırmızı kuşak bağlar, eski Edirne çingenelerinin çeribaşıdır. "A be more," diye Arnavut ağzıyla konuşur. Kim bilir Ali Şah belki de Arnavutluktan olur, onun mekanı bellisizdir, kurdun da mekanı bellisiz olur. Kim bilir ne zaman, elini kolunu sallaya sallaya Dolapdereye babasının evine girer gibi rahatlıkla girmiş, girer girmez de burasının en ünlü kişisi, akıldanesi, güvenilir, dert açılır kişisi olmuştur. Çeribaşılığı, bir sabah canı sıkılıvermiş, eski ceketini çıkarır gibi, gitmiş cemaate, alın emanetinizi, ben artık bu işi yapamam, sağ olun, var olun diye üstlerine atıvermiş, ondan sonra da ver elini... Onun orasını, önce nereye gittiğini, nereleri dolaştığını, başına neler geldiğini ancak Allah bilir. Birisi bir şey istemesin, ne yapar eder de Ali Şah, o kimsenin istediğini yerine getirir. Öyle her olur olmaz iş için Ali Şaha gitmeyi kimse de kolay kolay göze alamaz. Ali Şah bunu bilir, bunu bildiği için de kapısına geleni geriye çeviremez.

İşte Semih var ya, şu kuşu alıp da kaçan, arkadaşlarını yüzlerce satılmaz kuş ile Florya düzlüğünde aç, parasız, kimsiz kimsesiz bırakıp da kaçan Semih var ya, doğru Ali Şaha gidecek. O Ali Şahı nerden mi bilir, Semihtir bu, İstanbulun taşını toprağını bir uçtan bir uca ince eleyip sık dokuyan o değil midir? Onun pabucunun yırtığı, İstanbulun uğramadığı deresinde, kaldırımında kalmıştır. Ali Şahın uzun, sarı, kırçıl bıyıkları vardır. Ali Şah var ya, her sabah kırçıl bıyıklarını badem yağıyla burar, pırıl pırıl... Eskiden bıyıklarını kınalardı, iki yıldır bundan vazgeçti, bıyıkları kıpkırmızı parlardı eskiden, bir heybet gibi. Kırmızı kuşağının arasına çifte tabanca sokar. Hiçbir polis onun tabancasına dokunamaz. Kimse Ali Şahın yanına yaklaşamaz. Hele bir yaklaşsınlar, Dolapderenin yankesicileri, hırsızları, kanlıları, külhanileri, kızları, oğulları öfkeye gelip İstanbulu onların başına bir tekmil yıkarlar.

Semih Ali Şaha gidip diyecek ki, bu kuşu bana öyle bir alıştır ki, günde yüz, iki yüz bıldırcın yakalasın. Çünküleyin bu dünyada kuş dilinden Ali Şah gibi anlayan kimse yoktur, olamaz. Ali Şah kuşu bir haftada, bilemedin on beş günde, haydi bilemedin bir ayda alıştırır ki kuş bıldırcın azraili kesilir.

Semih Kilyosun üstüne, o tahlisiye dedikleri yerin oraya varır, denizin yanına çadır kurar oturur. İsterse, bunlar bundan sonra onunla barışmak isterlerse, Uzun Süleymanı da, Hayriyi de yanına alır, uzaktan, Karadenizin arkasındaki topraklardan bu yana, denizi geçip yorgun bıldırcınlar düşerler karaya, buraya... Denizi geçerken her zaman yağmur yağar, bıldırcınların kanatları ıslanır, ağırlaşır, bırakırsın kuşu bıldırcınlara, varır hışım gibi bıldırcının başına çöker, yemez avını Semihi bekler. Semih koşar alır kuşu... Eğer barışırlarsa, Uzun Süleyman da, Hayri de toplar bir yandan, ağır, yağlı bıldırcınların bir günde belki yüz tanesini, iki yüz tanesini toplarlar. Doldururlar bir naylon torbaya kuşları, Kilyostan binerler dolmuşa gelirler Taksime, giderler Çiçekpazarının arkasındaki kasaplara, tanesini iki buçuk liraya okuturlar. Yüz tanesi iki yüz elli lira eder, iki yüz tanesi beş yüz, iki yüz elli tanesi altı yüz yirmi beş lira eder, değil mi? Böyle, bu kuşlar gibi değil ki bıldırcın, bu küçücük kuşlar gibi, alıcısı hazır, say kuşları, al mangırı. Sonra, bıldırcınların tanesi on lira, yirmi beş lira da eder...

Bir de Semih, yalnız kuşla mı avlayacak sanıyorsunuz bıldırcınları, uzun ağlar çalacaklar Rumelikavağının balıkçılarından. Balıkçılar kurusunlar diye ağları ağaçlara asıyor, seriyorlar ya, işte oradan. Semih çok ağ çalıp okutmuştur öteki balıkçılara, babam gitti denize de kayığı delindi, fırtınaya tutuldu da dönmedi, diye, işte bu ağlar babamın ağları, diye. Eğer barışırlarsa Semihle Uzun Süleyman, Hayri... Niye barışmasınlar yani, ortada kan yok ki... Semihin onlara yaptığı bu hergelelik birincisi değil ki, ohhooo! Ağları gerecekler Karadenizin kıyısına, bir tane de, yetmezse beş tane, denizci feneri çalacaklar Kasımpaşadaki kör tuhafiyeciden, fenerleri yakıp koyacaklar gerilmiş ağların altına. Denizden gelen kuşlar ışığa koşacaklar, düşecekler ağa, Semih hiç bilmez olur mu, yağlı yağlı bıldırcını yememiş olur mu, Uzun Süleyman da yemiştir bıldırcın, hastir ordan, yemiştir ya ancak bir tane yemiştir. Hastir ordan, yemiştir ama, Semih yerken bir kanadını da Süleymana vermez mi, yalancı, Semih gibi bir cömert çocuk var mı şu İstanbulda? Semih arkadaşına değil bıldırcın kanadını, bir küçücük et parçasını, canını bile verir. Hayri çoook bıldırcın yemiştir. Orada, Rizede Hayrilerin çay bahçelerine çoook bıldırcın düşmüştür. Aaah, Hayrinin o sersem, o içkici babası, aah o kadar kızacak ne vardı ki, ne vardı da çekip tabancasını vuruverdi o kardeşi gibi komşusunu? Anası hiç, öldürseler o çay bahçesini satar mıydı, sattı da babasını kurtarmak için avukatlara verdi. Avukatlar kocaman çay bahçesinin parasını, beş inekleri vardı, onları da sattılar, evleri de Rizede kocamandı, onu da sattılar, bir takaları vardı, içinde sekiz tayfa çalışır, onu da sattılar, daha evde ne var, ne yoksa sattılar avukatlara verdiler, avukatlar da yargıçlara vermişler. Yargıçlar o kadar parayı almışlar, on beş yıl da gün vermişler. Hayrinin babası bu gelecek afta dışarıya çıkacak ya, kim bilir ne zaman?

Hayri Rizeden kaçtı, kaçmasın da ne yapsın, anasını elin aralığında, kimsiz kimsesiz, parasız pulsuz, evsiz barksız koydu da kaçtı. Bir gece karanlıkta, ağaçlara bıldırcın için ağ germişler, ellerinde atmacalar bıldırcın yağmurunu beklerken... Hayri, çoook bıldırcın yakalamış.

çook bıldırcın yemiştir. Bıldırcın deniz, yağmur, yosun kokar... Islak ağaç da kokar. Kızartırsın, parmaklarından, yerken ağzının kıyılarından şıpır şıpır yağ damlar... Şıpır şıpır. Bıldırcın yağmurunu bekliyorlardı ki, Hayri bahçedeki öteki ağacın altına doğru, karanlığa arkadaşlarından ayrılıp gitti, niçin gitti, şimdi burasını hiç anımsamıyor, birisi mi çağırdı, bir ses mi duydu, bilmiyor. Ağacın altına varır varmaz iki güçlü elin ağzını kapadığını, soluk aldırmadığını, iki elin de gırtlağına yapıştığını, sonra bayıldığını, hiçbir şeyi anımsayamadığını, ancak gözlerini öteki komşuları Temel Reisin evinde açtığını biliyor. Sonradan öğrendiğine göre, babasının vurduğu komşularının kardeşleriymiş boynunu sıkanlar. Ondan sonra onlar Hayriyi gölge gibi izlemeye başlamışlar. Bir gün, belki bir sabaha karşı Hayri burasını hiç söylemiyor, izini şaşırtıp onların ellerinden kurtulmuş, binmiş bir takaya gelmiş İstanbula. Hayri o zaman bu zamandır İstanbuldadır, işte. Çok olmuş geleli, girmediği, girip çıkmadığı iş, yapmadığı hırsızlık kalmamış. Kalmamış ama, bunların da, bu köksüz işlerin de sonu yokmuş. Fatihli bir yaşlı adam, kundura onarıcısı Sado Efendi, bir gün anılarını anlatırken, o önüne gelene, kim olursa olsun, çocuk, büyük, kız kadın, yaşlı, sağır dilsiz, karşısına kim çıkarsa anılarını anlatır gün yirmi dört saat, hiç durmaz. Bir gün de Florya düzlüğünde nasıl kuş tuttuğunu, kuşları camilerin, kiliselerin, havraların önünde azat buzat eyleyip nasıl para kazandığını, kazandığı deste deste paralarla ne işler çevirip nasıl zengin olduğunu, akılsızlığı, sarhoşluğu, kumarbazlığı yüzünden de bu paraları nasıl yediğini ballandıra ballandıra anlatmış. Bunlar da Zarenin kilimini satmışlar, bir çadır edinmişler, ağı balıkçılardan el değer etek değmez aşırıvermişler... Paranın kalanını da, yemişler, İstanbula para mı dayanır, sinemaya gitmişler, çekirdek almışlar, dondurma yemişler, bozacıya uğramışlar, vapura binip Kadıköye bile geçmişler. Apartman topuklu kızlara laf bilem atmışlar. Atarlar, ne oluyor yani, kim ne karışır, bu memlekette herkes özgür de, onlar değil mi? Laf değil mi, atarlar da alimallah, öteye bile geçerler. Semih var ya, o ne yamandır o... O geçen yıl, şu kadarcıkken bile, Şeronun kızı Mimiyle yattı. Kan bile geldi. Bunu herkes biliyor. Semih mahalleden kaçtı da altı ay bile mahalleye uğramadı. Semih bir anlatsın o işi, vallahi anlata anlata bitiremiyor...

Sonra, Kilyosta bıldırcınları yakaladıktan sonra, Çiçekpazarında satınca, çok para yapınca, işte o zaman doğru Antepli kilimciye, yooo, hiç de kötü adam değil Antepli kilimci, önce kilimi almak istemedi, bu çok güzel bir kilim, dedi. Çocuklar yalvar yakar oldular da Antepli kilimci ondan sonra onlara acıdı da kilimi alıp birazcık para verdi. Parayı verirken de, "ey aslanlar," dedi, "ben bu kilimi satmayacağım, bu kilim çok değerli bir kilim, paramı ne zaman bulur getirirseniz o zaman kilimi alırsınız. Yok, paramı bulamadınız, işte o zaman da gelir kilimin parasının geriye kalanını alırsınız. Geriye kalanını da Semih gitmiş on beş gün sonra almış. Süleymanın bundan hiç haberi olmamış. Süleyman Semihin bu davranışına çok kızmış ama hiç belli etmemiş. Olur mu, her neyse arkadaşlıktır olur. Semih çok yanlış işler yapıyor ya... İnsan hiç parası alınmış kuşu alır da gider mi hiç! İnsan olan insan, böyle bir abiye karşı bunu yapabilir mi hiç! İnsan kurnaz olunca bu kadar mı kurnaz olur, Ali Şah bir duysun Semihin böyle yaptığını, onu yanından kovar da bir daha semtine uğratmaz. Çünküleyim ki Ali Şah Dolapderenin raconudur. Raconu olmasa tekmil Dolapderenin alıcı vurucu kırıcıları onun yoluna can baş koyarlar mı? Ondan başka kim kırmızı kuşağının içine çifte tabancaları sokup Beyoğlunda güpegündüz dolaşabilir, kim? Bu yaptıklarını Ali Şaha söylemez de, inşallah da Ali Şah onu yanından kovmaz da kuşu öğretir...

Hayri anasını düşünmekten kahroluyor. Uyku muyku uyuyamıyor anası aklına düştükçe, o kadar ki Sirkecide esrar aldı da bir adamdan, anasının derdinden, esrar içti, hem içti, hem de turistlere esrar sattı. Sonra esrar Hayrinin hiç hoşuna gitmedi. Gitmedi de bir daha esrarı ağzına almadı, turistlere de bu pis şeyi satmadı. Hayrinin asıl adı Hayri değil ki... Düşmanları onu arayıp bulmasınlar diye Hayri adını değiştirdi de işte böyle Hayri oldu. Hayri asıl adını öldürseler de kimseye söylemez. İşte paraları olsaymış, yani şu tuttukları kuşları satabilseler de ellerine çok para geçseymiş, Süleyman parayı alıp Semih ile birlikte gidip Rizeye Hayrinin anasını İstanbula getirecekmiş. Hayri İstanbulda ne eder eyler de anasını gül gibi geçindirir... Anası Hayrinin gözlerinin önünden hiç gitmiyor ki, Hayrinin böyle içine kapanıklığı, konuşmaması, hep önüne bakması, yüzünün gülmemesi anasının orada garip kalmasından dolayıdır. Hayri geceleri düşünde, ana, ana, diye bağırarak bir ah çekiyor ki, ciğeri sökülüyor. Hayri çoktan anasını getirecek parayı bulur ya, Hayri Semih gibi olmak istemiyor. Hayri istese, o Beyoğlunu bir günde soyar da soğana çevirir. Diyelim ki Hayri ortalığı kastı kavurdu, çok da para vurdu, Süleymanla Semihi anasını getirsinler diye Rizeye yolladı, onlar da anayı aldılar getirdiler, Hayri Samatyada küçücük bir ahşap ev tuttu anasına, anası sevinç içinde evine yerleşip, elini havaya, Allaha açıp oğluna dua okumaya başlamışken, Hayri şu İstanbulun semtleri içinde en çok Samatyayı sever, Samatyanın bir yeri onların Rizesine benziyormuş, birden kapı çalınır, polisler içeri girerler, hırsız Hayri nerede derler, hırsız Hayriyi... Anası bu evde ne hırsız var, ne de Hayri der ama, polisler Hayriyi görürler, işte hırsız da bu, derler, kelepçeleri şakırdatıp Hayrinin ellerine vururlar. İşte o zaman Hayrinin anası kahrından orada ölüverir, canı çıkıverir de... Onun için Hayri deli mi, hiç hırsızlık, uğursuzluk yapar mı? Esrarı da ne için içti, ne için, anasının kederini unutsun diye içti, niye bıraktı, esrarı içince de anasını daha çok düşündü, onu özlemekten öldü de onun için bıraktı.

İnşallah Ali Şah öğretir de şahini...

İnşallah, kilimci satmamıştır da kilimi...

İnşallah, inşallah, inşallaaah, Hayrinin anasına bir şey olmamıştır da şimdiye kadar, düşmanlar ona bir şey yapmamışlardır da... İnşallah Süleymanla Semih onu orada, Rizede sağ salim bulurlar da, alır buraya, İstanbula...

Kızların memeleri küçüktür, öyleyse nasıl büyür, erkekler kızların memelerini okşaya okşaya büyütürler, tüylü, iri ayvalar gibi yaparlar, kokulu insanı deli eden. Semih, daha şimdiden çok kızın memesini büyütmüştür, kızlar Semihe hiç ses çıkarırlar mı ki? Semih kendine her sabah neden uydurma bıyık yapar, memelerini okşayınca Semih kızlar ses çıkarmasınlar diye, kızlar bıyığa bayılırlar, kızlar bıyığa bayılınca Semih ne yapar? Hayri böyle şeylere karışmaz, o da kızları sever ama, memelerini okşar ama, elin kızları nesine gerek, o durmadan anasını düşünür her gün, her gece, varsın Semih kızların memelerini büyütsün, ona ne. Uzun Süleyman, uzun boyu yüzünden midir nedir, sırık gibi, kızlara bakmaya utanır. Duuur, onun da sırası gelecek, dur hele. Aaah, Arnavut bıyıklı, tilki kuyruğu bıyıklı Ali Şah, aaah... Belki de Süleymanın azıcık daha büyürse, utangaçlığı geçer. İşte o zaman Mido var ya, kısa boylu ama, oğlanlar daha şimdiden okşaya okşaya memelerini, kalçalarını, yaa kalçalarını da koskocaman, kadın gibi etmişler, işte Zülfikar paşanın yıkık kırk odalı konağının bir odasına çeker, Mido bütün mahalleye ilan vermiştir ki, Zülfikar paşanın konağının her odasında bir oğlanla oynaşacaktır. Mido erkek kızdır. Sevdiği herkese yüz verir de, çok oğlanlarla gezer de, yalnız Semihe yüz vermez. Onu görünce burun kıvırır geçer. Semih Kilyosta çok bıldırcın tutunca, kanatları ağır, yağmurlu, deniz, tuz, yağmur kokan, iri, yağlı bıldırcınları tutunca, hepsini satacak, onun parasına, Süleyman ne bilsin, Semihin söylediklerinin hepsi akılda kalmıyor ki, bir işportacı tablası alacak, Semih ayağına tezdir, alimallah polislerin önünden kaçmayagörsün, tazı gibidir, onun ardından arabayla yetişemez Belediye memurları, hem de serkomiser ölü Nihat. Burada o komisere çocuk düşmanı, herkes ölü Nihat, der. İşportada tarak, bıçak, bir de el feneri, bir de gözlük, bir de jilet bıçağı, ne en çok satılır, daha da neler satacak satacak, paraları hiç harcamayacak, yemek bile yemeyecek, yemek yememek olmaz ama, bankalar dolusu parası olsa da, gene fırıncılardan ekmek çalacak. Ekmek çalmak kolay, yakalanınca, Semih fırıncıya bir çıkışacak, bir çıkışacak, her zamanki yaptığı gibi, ne be, bu dünyada bu kadar kızarmış, taze taze, mis kokulu ekmek varken biz acımızdan mı öleceğiz be! Fırıncı suçlu çıkıp yakasını bırakacak. Bir seferinde Semihi yakalayan fırıncı, Semih öylesine konuştu ki, adam nerdeyse ağlayacaktı. O gün Semihe üç tane na bu kadar, bu kadar somun verip, ne zaman aç kalırsan gel buradan ekmek al, dedi. Semih de her gün fırından ekmeğini alıp, az ilerde okutunca, okutup ekmek paralarını biriktirip doğru sinemaya gidiyorlardı üçü birden, bunu da oradaki kocaman adamlar görünce, görüp de gidip fırıncıya gammazlayınca, Semih de o sabah ekmeğini almak için fırına gidince fırıncı Semihi yakalayınca, öyle bir öfkeye geldi ki az daha Semihi öldürüyordu. Semihin yerinde başkası olsaydı sağlama gitmişti, öfkeli fırıncının elinden bir kurtulup tabanları yağladı ki soluğu ta surlarda aldı. Fırıncının sıktığı boynundaki morluk bir ay gitmedi. Eeeh, Semih de bir daha...

İşportadan biriktirdiği paralarla Semih önce yağ iskelesinde bir dükkan açacak. Dükkanda üçü de birden çalışacaklar. Semih dükkanda onlara ne iş yaptıracağını biliyor. Gene hemen hemen dükkanda kazandıkları parayı biriktirecekler, biriktirecekler. Semih şu bankalara var ya girerken müdürler ayağa kalkacak. Sonra çok para birikince,

Semih Eminönünde, sonra da Beyoğlunda birer dükkan daha açacak, bir dükkanın başında Süleyman, ötekinde de Hayri olacak. Tabii kızlar da çalışacak dükkanlarda. Süleyman o zaman kızlardan utanmayacak mı, kaz boynu gibi uzamış uzun boynundan, yumruk gibi dışarıya uğramış pörtlek gözlerinden dolayı. Hayri mi, o da kızlara bayılır, kızlara bayılmayan erkek olur mu, ona anası tembihlemişti ki... Kızlara hiç bakmasın, kızlar erkeklerin başına beladır. Hayri burada da, şu koskocaman İstanbulda bile anasının bir sözünden dışarı çıkmaz ki, gizliden kızların memelerine, büyümüş oynak kalçalarına bir bakar ki, dalar gider, gözlerini alamaz. Sonra Semih, daha da paraları çoğaltıp, bankaları parayla doldurunca fabrika açacak. Ne fabrikası açacak, onu Semih gözüne bile söylemez, öyle bir fabrika ki, Boğazda üç yalı alacak, bir karısını bir yalıya, ötekisini öteki yalıya koyacak. Yalıların birer bahçesi olacak ki içine bir çocuk saklanınca bir polis onu orada bir ay arayıp bilem bulamayacak. Bebek koyunda demirli yat mı diyorlar onlara ne, öyle gemileri olacak. Yalının birisini ne yapacak Semih, en büyük yalıyı onu can bir arkadaşları, kardeşleri, ortakları Hayriyle Süleymana verecek. Hele Semih bir kazık atsın, işte o zaman sen gör kıyameti, Süleyman tam onu alnının orta yerinden mıhlayacak. Dili dışarda, kan içinde. Mido kıskançlığından çatlayacak. Hayri de, Süleyman da Midoyu severler ama Semih şart koştu, kimse o Mido orospusunu yalısına almayacak. Olur mu, Semih ne karışırmış herkesin işine? Kimse onun işlerine, kızları boş paşa konaklarına götürüşüne, herkesin de başını belaya sokunca bile, karışıyor mu? Yok, Semih Midoya karışamaz. Buna Süleyman da, Hayri de razı değil.

Aaah, Ali Şah, aaah. Haydi be Ali Şah!

Belki de, Mahmut abi bir yolunu bulur, şu kafesler dolusu kuşu okutur. İşte o zaman, Alleeeeeeeeeeeeeeey!

Mahmut :

"Yahu," dedi, "ne tuhaf senin şu kuşçu çocuklar."

"Tuhaf," dedim. "Bir şey yapabildin mi onlara?"

"Uğraşıyoruz," dedi. "Dur hele, dur bakalım. Şehir insanla dolu, karınca gibi kaynaşıyorlar, o karınca gibi kaynaşanlar..."

Saklanmışlar kendi içlerine, burunlarının ucunu görmüyorlar.

Saklanmışlar, yumulmuşlar kendi karanlıklarına. Bunlar şu Yeni Cami önündeki kurtarılmayı, kurtulup da şu kirlenmiş Boğazın üstüne doğru uçmayı bekleyen küçücük, parlak, kafeslerin içinde çırpınan kuşçukları mı görecekler? Binmişler birbirlerinin sırtına, birbirlerinin karanlıklarına gidiyorlar kıyamete.

"Kızma be Mahmut."

Mahmut kızar, deli divane olur.

Mahmut kuşları yakalayıp kafeslere tıka basa dolduranlara kızmaz, Mahmut, o kuşları kafeslerden kurtarmak, kurtarıp da sevaba girmek istemeyenlere kızar, onları kınar.

Mahmut, yarın, yarın değilse öbür gün balığa çıkmayacak, düşecek şu kafesleri kuş dolu çocukların önüne gidecek Sultanahmede, Ayasofya önüne, gidecek Üsküdara, o eski Müslüman mahallesine, Eyübe, Taksime, Taksimden Şişli alanına ve insanlar arasında kuşlara, insanlara azıcık sevgisi kalmışları arayacak. Hem de bulacak. Belki bir köşede kalmış yaşlı, ak yeldirmeli, toprağa yumuşacık, bir peri gibi basarak uçacakmış gibi yürüyen bir kadın gelecek, bir büyükana, bir iki buçukluk uzatıp bir kuş isteyecek, kuşu eline alıp sırtını şahadetparmağıyla okşayacak, kuşun korku, telaş içindeki kara gözlerine bakıp içi büyülü bir sevgi, acımayla dolacak, ince dudaklarından kuşun üstüne sıcak soluğuyla eski, unutulmuş bir çocukluk duası dökülecek, sonra da sağ elini havaya kaldırıp parmaklarını açıp kuşa bakacak, kuş önce bir ikircik geçirip az biraz avucunun içinde, sıcaklığında kalacak, sonra birden de kendine gelip ok gibi avucunun içinden fırlayacak, çavarak minarelerin arasından sevinç içinde yitip gidecek.

Eskiden, Mahmut kuşları azat buzatlarken yüzlerce insan gelir, böyle, kuşları havaya salıverirler, dünya sevince, dostluğa, insan, kuş sıcaklığına gömülürdü. Gökyüzü kuşlarla dolar, bir sevinç türküsü gibi çınlardı. Mahmut, çocuklara kuş satmak istemezdi. Çocuklar kuşları salıvermek için değil de... Çoğunlukla aldıkları kuşların bacaklarına ip bağlayıp uçurup oynarlardı... Küçücük kafeslere koyar hapsederlerdi, koyunlarına sokar sıcaklıklarında boğarlardı. Koyunlarında, oyuna dalıp da unutup, ya da ölmeyecek sanıp öldürdükleri kuşun ardından yüreklerine acı çökenler çok olurdu. Kimisi de hiç acımaz, ya da acımaz görünüp koyunlarında ölmüş kuşu bir taş parçası fırlatır gibi kayıtsız, fırlatır şuraya atarlardı. Mahmut, bu iki tür çocuğu da bilir, tanırdı. Gözlerinden, ellerinin deviniminden, ne bileyim ben, işte bir yerlerinden tanırdı. Acımış, üzülmüş çocuk gelir bir tane daha alır, kuşu incitmekten korkarmışçasına, onun üstüne titrer, iki avucunun ortasında saygıyla, sevgiyle, tutardı. Öteki çocuksa öfkeyle, düşmanlıkla bakardı uzaktan, ötelerden kafese, kuşlara, Mahmuda...

Bu yaşa geldikten sonra yarın öbür gün Mahmut kuş satacak İstanbul şehrinde, bir kıyıya, köşeye saklanmış yüreğinde acıma, sevgi, saygı kalmış insanları arayacak ve hem de bulacak. İnsanlık hiçbir vakit ölmez, diyor Mahmut. İstanbul şehrinde insanlığın ölüp ölmediğini araştıracak Mahmut. İstanbulun maşkına bakacak.

Eskiden, eskiden Mahmut, yalnız Yeni Cami önünde altı yüz kuşu birkaç saat içinde havaya gökyüzüne salıvermiş, Eminönü alanını, İstanbul şehrini sevinçle sevgiyle mutlulukla, dostlukla, bir acımanın güzelliğiyle doldurmuştu. Kuş salıvermenin, bir can kurtarmanın mutluluğuyla... Mahmut, bir kuş salıverip de, avucu boş kalan, uzun bir süre bıraktığı kuşun, yitip gidinceye kadar ardından bakan insanın yüzündeki çocukca sevgiyi, mutluluğu, güzelliği unutamıyor. Bazı çok yaşlı, beli bükülmüşler kuşlar avuçlarından uçup gidince sevinerek çocuklar gibi zıplayıp el çırparlardı, kuşun ardından da ağız dolusu bir sevinç kahkahası fırlatırlardı. Şimdi, şu İstanbulda herhangi bir güzellik, iyilik, sevinç verecek bir olay üstüne böylesine ağız dolusu bir sevinçle gülecek bir kişi var mı?

"Dur Mahmut, sen de onlar gibi oluyorsun."

Var, var, tabii var, olmaz olur mu? İnsanlıktır bu... Kat kattır, en sağlam, en güzel mücevheri en alttadır, soydukça insanlığı, kabuğundan soydukça, bir kat, iki, üç, dört, beş kat, gittikçe aydınlanır insanlık, güzelleşir. Çirkin olan insanlığın en üst kabuğudur. Adam olan hem kendi kabuğunu, hem insanlığın kabuğunu durmadan soymaya çalışır. Soydukça ortalık aydınlanır, soydukça...

"Dur, Mahmut dur."

"Durmam," diye bağırdı, "insanlara söz ettirmem. Olmaz. Bir yerlerde bir şeyler kalmıştır. Durmam, vardır. Parlıyordur. Biz onu bulamıyorsak gücümüz yoktur. O parlak ışığı göremiyorsak, gözümüz içimizin karanlığındadır."

Umutların öldüğüne iyice inandığın bir anda insanlık, bin bir yönden açan bir ışık-umut çiçeğiyle birden aydınlanıverir...

Şu İstanbul kurulmadan önce de, buraya, Florya düzlüğüne bu küçücük kuşlar, nereden gelip nereye gidiyorlarsa bu kurumuş dikenlerin üstüne renk renk yağarlardı, dikenlerin tohumlarını yer güçlenir, kanatlarını açıp sert aralık yellerinin önüne düşüp dünyanın başka yerlerine, başka dikenlerine giderlerdi. Belki yuvaları dikensiz, uçsuz bucaksız, kuş uçmaz kervan geçmez bir ovadaydı. Bu uçsuz bucaksız ovaya, uzun otların arasına kuşlar milyonlarca yuva yapıp yumurtalarını bu yuvalara bırakıp, üstlerine yatarlardı, sıcacık, ana olmanın sonsuz mutluluğunda... Ve erkekler kuluçkadaki dişilerine incecik, küçücük diken tohumları taşırlardı. Yumurtadan çıkan milyonlarca küçücük, birer böcek kadar küçücük yavrular kocaman ağızlarını şamatayla açıp yiyecek beklerlerdi. Ova ağzına kadar çiçek açardı. Belki yavrular diken tohumu değil de incecik çiçek tohumlarını severlerdi.

İstanbul yeni kurulduğunda burası, şu ormanın yeri, Yeşilköyün, Şenlikköyün, Bakırköyün yeri, Floryanın koyağı belki de böyle, sonsuz, uçsuz bucaksız dikenlikti, o uçsuz bucaksız ovada doğmuş milyonlarca kuş bir ışık, renk yağmuru gibi dikenliğe yağardı. Belki de bir dikenli yamaçta, belki de ormanda doğmuştu bu kuşlar... Belki de...

Romanın, Bizansın, Osmanlıların çocukları türlü tuzaklarla, ökselerle bu kuşları yakalarlardı. Ve o günden bu yana kafeslerde, kilise, cami, havra önünde kuşlar, kocaman kafeslerde çırpınarak kurtarılmayı beklerlerdi. Bu insanlığın, kuşluğun bir geleneği olmuştu.

Günler yıllar geçtikçe dikenlik küçüldü, Şenlikköy, Yeşilköy, Ambarlı, Cennet Mahallesi, Telsizler, Menekşe, Florya, Basınköy kuruldu. Floryanın o güzelim menekşe dolu koyağına çirkinin çirkini beton apartmanlar yığdılar. İşte kuşlara bu küçücük yer kaldı, denizle orman, Menekşeyle Basınköy arası... Ve kuşlar her yıl gelip bu küçücük dikenliğe sığınıyorlar. Geçen yıl bu dikenliğin sahibi de burasını, parselledi, metrekaresini üç yüz, beş yüz liradan okuttu yeni zenginlere... Altına hücum gibi, arsaya hücum başladı İstanbulda... Bir karış arsa için İstanbulun bu aç gözlü canavarları birbirlerinin gözlerini oyacak, birbirlerinin ırzlarına geçecek, birbirlerini boğazlayacak, kıtır kıtır kesecekler. Bir avuçluk arsa toprağı için. Gelecek yıl işte burada, şu bakır rengi dikenliğin yerinde için bulanmadan bakamayacağın çirkin beton apartmanlar, villalar yükselecek. Sokaklarında yalnız birbirlerine gösteriş yapmak, para para, yalnız para kazanmak için yaşayan, insanlıklarını unutmuş yaratıklar caka satacaklar. Otomobiller yüz elli, iki yüz kilometreyle Londra asfaltında insan ezerek buraya girecek... Belki kuşlar çok derin, eski bir içgüdüyle buraya, o zaman kesilmiş olacak olan şu ulu çınarın üstüne, göğüne uğrayacaklar, bir an duraklayıp bir şeyler arayacak, bir şeyleri anımsamaya çalışacak, beton yığını evlerin üstünde küme küme dolaşacak, konacak bir yer bulamayıp bir uzak keder gibi başlarını alıp çekip gidecekler.

"Dur Mahmut, dur, eyleme."

"İstanbul şehrinin bir daha falına bakmak gerektir. Son bir kez daha..."

O gün akşama kadar yağmur yağdı. Bir ara gökyüzü azıcık açılır gibi etti, Ambarlı önünde denizin üstü ayazladı, sonra bir kara bulut geldi, gökyüzüne çöktü, her bir yanı kapadı, yağmur da yeniden başladı.

Sabah erkenden uyandım ki gökyüzü yunmuş arınmış, lekesiz, silme, kadife bir mavide ipileşiyor... Adalar üstünden gelen büyük yolcu uçağı gürültülerle Yeşilköye indi, onun arkasından da gökyüzü gene bomboş kaldı. Sanki bu gökyüzünde şimdiye kadar ne bir uçak uçmuş, ne de bir kuş kanadı parlamıştı. Sessiz, mavi, geniş, çok uzak bir gökyüzü. İnsan bu gökyüzünü böyle kıyamete kadar kalacak sanırdı. Çocukların yanına gitmeye çekiniyordum, kuşu ya da parasını istemeye geldi, derler diye korkuyordum. Ama olan biteni de öylesine bir merak ediyordum ki... Mahmudu da görememiştim epeydir. Yokuştan aşağı Menekşeye indim, yolda Hüseyin Uzuntaşı gördüm, döküm işçisi babasının kendisine eliyle yeni yaptığı bisikletine binmiş istasyona kadar hızla gidip geliyordu Cano ağ onarıyordu. Tatar Uzun Ali Halice, oranın balıkçılarına ağ yapmaya gitmişti, döndü mü acaba? Nuri dün gece balığa çıkmıştı, onunla birlikte Mahmut da çıktı mı acaba? Kahveye baktım, Hakkı amcayla Haydar Uyanık konken oynuyorlardı. Balıkçı tekneleri, kayıkları renk renk dereye çekilmişti. Özkanla Japon Ahmet bir tekne boyuyorlardı, turuncuya. Kazım ağa kırmızı, kirpiksiz gözleriyle gökyüzüne, plaja, güneşe bakmaya çalışıyordu. Kahvede başkaca kimse yoktu. Deniz kıyısından Floryaya doğru vardım. Veysel, Aile Gazinosunda tek başına radyo dinliyordu. Şişman bir adam uzun ak donuyla tahta iskeleden üşüyerek, ellerini patancının arasına sokmuş denize giriyordu. Cumhurbaşkanlığı köşkünün önünden Belediye plajının büyük çınarının altına geldim, çınar duyulur duyulmaz, kalın bir uğultudaydı. Ağacın bütün yaprakları sararmış, sarıdan kırmızıya dönüşüyordu. Önüme, kıpkırmızı kesilmiş üç yaprak, ağır ağır inerek, yaylanarak düştü. Başımı kaldırdım, ağacın doruğundaki yapraklar da kızarmış mı, diye bakmak istedim. Daha yeni yeni sararmaya başlamışlardı. Başımı kaldırınca bir de ne göreyim, tam üstünde sivri kanatlarını sonuna kadar açıp gökyüzünün ortasına öyle çakılmış kalmış, kıpırtısız bir büyük atmaca uçmuyor mu! Atmaca bu kadar büyük olamaz, atmacanın kanatları da bu kadar geniş değildir. Buralarda orta boy kızıl kartallar da vardır. Geçen yıl Nevzat ormanda kanadı kırılmış bir kızıl kartal buldu. Bir doğa güzelliği, tansığıydı kartal, kanadı iyi olur olmaz, bir gün bile kalmadı Nevzatların evlerinde, uçtu gitti. Belki bir kızıl kartaldır bu uçan. Çocuklar bu kızıl kartalı bir yakalasınlar, onlara ne isterlerse veririm. Şimdi artık şu kızıl kartal gökyüzünde dönerken onlara uğrayabilirim. Köprünün altından geçip, ormanla kavaklığın arasından onlara indim. Beni sevinçle karşıladılar.

Süleyman uçacakmış gibi kollarını göğe açmış :

"Bak abi, bak," diyordu. "Bak gökyüzüne. Sen geldin, atmaca da geldi."

"Atmaca değil o, baksana, kızıl kartal o," dedim.

Süleyman balonuna iğne sokulmuşçana, birden sevincini yitirdi, boynu büküldü, suratı asılmış :

"Demek kızıl kartal ha," dedi içini derinden çekerek.

"Olsun," diye güldüm. "Eğer siz bu kızıl kartalı bana yakalarsanız, ondan sonra benden ne isterseniz..."

Bu sözü söyler söylemez, hemen anında Süleyman da Hayri de gene sevinçle şakımaya başladılar.

"Yahu," dedim, "ne demek, kızıl kartal hiç atmacaya benzer mi, atmacalar yalnız bıldırcın avlarlar, kartallar, hele böylesi kızıl kartallar tavşan da avlarlar."

Süleymanın gözleri bir an dehşet bir pırıltıda parladı söndü. Çabucak :

"Bir tavşan da kırk lira eder değil mi?" diye sordu. Söylediğine pişman olmaya fırsat vermeden yapıştırdım :

"Kırk lira da, elli lira da," dedim. "Tavşanına göre."

Biraz düşündü, gözlerini kaldırdı gözümün içine yüreklilikle baktı :

"Bunu yakalamalı, Ali Şaha götürmeli ki..."

"Hele sen bir yakala," dedim.

"O kolay," dedi Süleyman. "Bak nasıl durmuş orada da buraya, bizim petaniyalara nasıl yiyecekmiş gibi bakıyor, başını yatırıp da bakıyor. Onu şimdi yakalarım. Amma da kocaman... Ağı parçalamasın."

"Siz onu yakalayın, size yeni bir de ağ alırım."

"Acaba bu kızıl kartaldan yalnız bir tane mi var buralarda?" diye kurnazca sordu Uzun.

"Hiç bir tane olur mu?" dedim.

"İyi öyleyse, ne olursun abi akşama gel kuşunu al!"

"Olur," dedim.

Usulca, belli etmeden Süleymanın cebine daha önceden hazırladığım paraları koydum. Süleyman bunu fark etti, bana döndü, kocaman gözleri yaşarmış, dopdolu olmuş, sevgiyle bana bakıyordu.

"Yarın Mahmut abi gelecek," dedi.

Hayri düşlerden sıyrılıp konuştu :

"Kuşları götüreceğiz."

"Bize üç tane kafes getirdi ki, her birisi bir oda büyüklüğünde."

Kafesleri eliyle gösterdi. Çocuklar, Mahmudun kafeslerini de ağzına kadar kuşla doldurmuşlardı. Orada tel örgülerin yanında kafesler, içlerinde bir renk cümbüşünde çırpınan, arada da öten kuşlarıyla üst üste duruyorlardı.

Yanlarından ayrılırken, Süleyman gözleri havadaki kızıl kartalda arkamdan bağırıyordu :

"Bak abi, kuş gittikçe yaklaşıyor, akşama gel kuşunu al, sağlama."

"Gelirim," dedim.

Eve gittim, pencerenin önüne oturdum, havadaki kuşu dikizlemeye başladım. Kuş inerse, yakalanırsa buradan görebilecektim.

Akşam oldu, gün kavuştu, kuş daha orada, çınarın üstünde, göğün ta uzağında kıpırdamaz gibi orada öyle çakılmış duruyor. Gece çökünceye kadar onu orada kanatları gerilmiş yerinden hiç kıpırdamaz gördüm. Karanlık bir iyice bastırıncadır ki kavak da, çınar da, Florya da, kuş da gecenin içinde kaldı.

Şimdi çocuklar onlara uğramadığıma ne sevinmişler, ne sevinmişlerdir...

"Ulan," dedi Mahmut, "ulan birazcık param olsaydı! Ulan, ulan hay insanlık," dedi Mahmut. "İnsanlık kalmamış, Aaah, para..."

"Almazlardı," dedim.

Durdu, gözlerini gözlerime dikti :

"Sahiden almazlardı be, vay anasını be," dedi, gözlerinden bir umudun, onurun, insanlığı bir yerinden yakalamışın sevinci geçti.

"Almazlardı be!" diye bir sevinç çığlığı attı.

"Nerede çocuklar şimdi Mahmut?" diye sordum. "Öyle iri, kartal gibi, atmaca, çaylak gibi bir şeyler yakalamışlar mıydı?"

Mahmut bir şeyi anımsar gibi düşündü :

"Yok," dedi, başını salladı.

"Çocuklar nerede şimdi?" dedim.

Gülerek :

"Nerede olacaklar, kuş tutuyorlar gene durmadan, çadırdalar, son bir umutla gözleri havada, iri bir kırmızı kartalın ağlarına inmesini bekliyorlar..."

Gökyüzüne baktım, alıcı kuş orada, çınarın üstünde, göğün uzağında, yemin kasem ederim ki, kanatları dehşet bir kokunun, acıkmanın şehvetinde, titremesinde uçuyordu, aşağıdaki petaniyalara, dalmacasına ha saldırdı, ha saldıracaktı.

Mahmut sevinçle :

"Gördüm," dedi.

"Bunu bekliyorlar," dedim.

"Öyle," dedi kederle. "Ben öbürsü gün seherde balığa çıkıyorum, Çanakkale Boğazına doğru, birkaç hafta yokum."

"Çocuklar..." diye irkildim. "Ya onların kafes kafes kuşları?.."

"Onlara da Allah kerim," dedi Mahmut, güldü...

Mahmudun cami önlerinden, Sirkeciden, kilise, havra önlerinden umudu yoktu. Kafesleri yüklendiler, Mahmut :

"Önce Kazlıçeşme gecekondularına gidelim," dedi. "Onlar Anadoludan yeni gelmişlerdir. Kim bilir, belki..."

Süleyman :

"Gidelim," dedi.

Hayri en arkadaydı.

Kazlıçeşme tren istasyonunda gene öyle Mahmut önde, onun arkasında Uzun Süleyman, Uzun Süleyman iki en büyük kafesi taşıyor, boynu gövdesinden ayrılıp kopup gidecekmiş gibi uzadıkça uzuyordu, kafesler üst üste, tepeleme, soluk aldırtmamasıya dopdolu, en arkada da Hayri trenden indiler.

Mahmut onları aldı doğru Kazlıçeşmenin en büyük alanına götürdü. Alanda kireç taşından kabaca yapılmış bir çeşme, çeşmenin musluğundan iki parmak kalınlığında bir su akıyor, suyun altında bir teneke doluyor, başında ayağı yalın, kırk saç örgülü büyük gözlü kumral bir kız bekliyordu, kızın arkasında sıraya girmiş yalınayak öteki kızlar, ayakları lastik ayakkabılı, basma fistanlı kadınlar, yaşlı nineler kuyruğu uzayıp gidiyordu. Alanın bir köşesinde on beş, yirmi kişi bir şeyin başına birikmişler gürültüyle, belki bir motosikleti onarmaya çalışıyorlardı. Üç çocuk ötede çember çeviriyordu. Bunlar getirdikleri kafesleri alanın ortasına koydular. Bir anda da, bu kadar çocuk, nasıl, nereden geldikleri belli olmadan, büyücek bir kalabalık başlarına birikiverdi. Önce çocuklar, onların yanında çok yaşlılar, su kuyruğundaki kadınlar, motosiklet onarıcıları... Kalabalık gittikçe büyüyordu. Gelen önce kalabalığı merakla yarıyor gelip kafeslerdeki kuşları görüyor, sonra bu kuşların niye buraya getirildiklerini bilemeyip merak ediyor, halkaya girip bekliyordu. Derken, epey uzun süren bir suskunluktan sonra, bir delikanlı kafesin başındaki Mahmuda yanaşıp soru sormak yürekliliğini gösterdi.

"Bunlar, bu kuşlar," dedi Mahmut, "bu kuşlar..." Sorunu açıklamakta güçlük çekiyordu. "Bu kuşları buraya getirdik ki, her biriniz bir tane alıp..." Sözünün gerisini getiremiyordu.

"Bu kuşları alıp ne yapacağız," diye dikeldi delikanlı. Ayağında lastik bir ayakkabı vardı, ayakkabı çamura batıp çıkmıştı, bacaklarında rengini yitirmiş, etine sıkı sıkıya yapışmış yamalı bir pantolon, sırtında vişne çürüğü kolları iyice aşınıp dökülmüş kaba bir ceket vardı. Elleri kocamandı ve ellerini şaşkınlıkla öylecene açmış duruyordu.

Mahmut ona daha karşılık vermeden, bir yaşlı adam, kırçıl bıyıkları düşük :

"Görmüyor musun," dedi, "kuşları alıp ne yapacağız var mı, alıp kafese koyacağız, güzel sedasını dinleyeceğiz her sabah..." Durdu bekledi. "Her akşam da..."

"Günah," dedi yaşlı bir kadın. "Gözü çıkasılar bu parmak kadar, parmak kadar kuşçukları, güzelcikleri almışlar da bakındı hele üst üste şu kafeslere nasıl doldurmuşlar, gözü çıkasılar."

"Yok," dedi Süleyman, "yok. Bu kuşları öyle kafese koymak yok. Bunlar böyle bu kafeslerde üst üste daha iki gün yaşamaz, ölürler. Bunları satın alıp göğe salıverecek; ölümden kurtaracaksınız."

"Ne yapacağız, ne yapacağız?" diye alaylı bir sesle sordu bir çocuk. "Ne yapacağız?"

"Alıp uç..."

Hayri bu sırada Süleymanın baldırına sert bir çimdik attı. Süleymanın sözü ağzında kaldı.

"Hahhaaah," diye uzun uzun güldü bir tanesi. "Alıp da havaya atacakmışız, hahhaaaah... Bari pahalı olmasa... pahalı."

Süleyman boş bulundu :

"İki buçuk lira..." dedi.

"Şimdi iki buçuğu verip buradan bir kuş alıp havaya atacağım öyle mi?" diye sordu kara çatkılı, uzun yüzlü kadın.

"Öyle," dedi Süleyman.

"Ne için iki buçuğu verecekmişim de kuşu havaya atacakmışım?"

"Sevap için, sevap için..."

Kısa boylu, sarı saçlı bir delikanlı sözü aldı :

"İyi vallahi," dedi. "Siz kuşları tutup günaha girecek, biz kurtarıp sevaba nail olacağız, öyle mi?"

Kalabalık gittikçe çoğalıyor, alanda bir kalabalığın toplandığını gören, evlerden alelacele çıkıp alana doluşuyordu.

"Bakın," dedi Süleyman sesini yükseltip, "iki buçuk lirayı verip bu kuşlardan bir tanesini alacaksınız, üstüne dua okuyup göğe atacaksınız, atınca o kuş uçup gidecek..."

Kalabalık soluğunu tutmuş Süleymanı dinliyordu. Mahmutla Hayri ter içinde kalmışlardı, Süleyman pişkindi.

"Nereye mi? Doğru cennete. Siz de ölüp öteki dünyaya varınca, o kuş sizi orada, cennetin kapısında bekleyecek..."

Kalabalıktan tiz bir kadın sesi yükseldi, Süleymanın sesini ortasından bıçak gibi kesti :

"Uuuy, anan öle senin çocuk..."

Gülüştüler.

"Vay gözü çıkasılar," diye bağırdı öteki kara çatkılı kadın.

"Yazının yabanın kuşunu komamışlar toplamışlar Allahsızlar, vay dinsiz domuzlar vay!" dedi genç bir kız.

"Allah belanızı versin," diyordu pürüzsüz bir ses, durmadan, durmadan yineleyerek.

Az bir sürede alan ağzına kadar insanla doldu, ortalık bayram yerine döndü.

Artık her kafadan bir ses çıkıyordu. Yeri gelen kalabalığı yarıp kafeslere kadar geliyor, sonra hemen tartışmakta olanlara karışıyor, kuşlar üstüne, günah sevap üstüne o da düşüncesini söylüyordu.

"Günah..."

"Sevap..."

"Ne kadar da her birisi!"

"Kafesin içi de gün gibi parlıyor."

"Az sonra bunların hepsi kırılır..."

"Tıkış tıkış..."

"Behey uzun boyu devrilesi mendebur, bu kuşlar böyle peynir basar gibi, pamuk teper gibi..."

"Behey yağlı kurşunlardan gidesi uzun..."

"Bırakalım hepsini..."

"Madem ki sevap..."

"Açalım kafesleri..."

"Yazık fıkaralara..."

"Kim bilir kaç günde yakaladılar."

"Belki bir kuş alıp salıveren cennete..."

"Git lan sen de oradan! Cennete!.."

"Hep manita bunlar be!"

"Ekmek parası belki..."

"Baksana şu uzuna, kurumuş kalmış."

"Kuşların günahı onu böyle kurutup komuş."

"Hele daha böyle kuşları yakalasın daha uzun..."

"Yakala hele uzuncuk, Allah seni çont edecek çont..."

"Senin hiç anan baban yok mu?"

"Bu küçücük kuşları yakalamak günahtır demediler mi sana?"
"Cennette yanar da ört olursun, demediler mi sana?"
"Bu dünyada da sürünür..."
"İflah olmazsın demediler mi?"

Kazlıçeşme alanı artık bir uğultuydu. Kimi kafesleri parçalayıp kuşları salıvermek, kimi şu uzun oğlanı, şu alana yatırıp eşek sudan gelinceye kadar onu ıslatmak istiyor, kimi de onu savunuyordu. Mahmutla Hayri kalabalığın ortasında sessiz öyle kalakalmışlar, kalabalığın odak noktası uzamış gitmiş boynu, bir iyice pörtleyip şaşkınlıkla dışarı uğramış gözleriyle Süleyman olmuştu. Durmadan, kan ter içinde herkese, her alay edene, sövene, yüzüne tükürene, ona acıyana, onu tutana, insanlıkla soru sorana laf yetiştirmeye çalışıyordu.

Ne oldu, ne olmadı, Mahmut mu bir şey yaptı, Mahmudun bir arkadaşı mı geldi, bir polis düdük mü öttürdü, nasıl olduğunu Mahmut da bilmiyor, bir anda kendilerini kalabalıktan kurtulmuş, Kazlıçeşme istasyonunda buldular. Trene bindiler, oooh, dünya varmış. Kazlıçeşmenin alanından uğultular, tartışmalar, haykırışmalar daha ta buraya kadar geliyordu.

Trenden Sirkecide indiler, burada kalabalık üst üsteydi. Yeni Caminin önüne koydular kafesleri. Süleyman merdivenlere çıkmış uzun boynunun damarları şişerek bağırıyordu :

"Azat buzat, bizi cennet kapısında gözet."

Kafeslerin başına burada da insanlar birikiyor kuşlara bakıyorlar sonra da hemen dağılıyorlardı. Sonra yeniden başka bir kalabalık geliyor, kafeslerin yöresini sarıyordu.

Birden bir tansık gerçekleşti, lastik ayakkabısının içindeki kalın nakışlı yün çorabının konçlarına pantolonunun paçasını sokmuş, geniş omuzlu, çatık kara kaşlı, geniş alınlı, kıvırcık kara, ışıl ışıl perçemleri alnına sarkmış yirmi beş yaşlarında birisi geldi iki elini beline koydu, kafeslerin önünde merdivenlerin üstünde durdu, gözlerini kuşlara dikip bekledi, gökyüzüne baktı, orasını araştırdı, gözleri geldi hüzünle yerde yem yiyen güvercinlerin üstünde durdu, oradan kafeslere döndü ağır ağır, cebinden bir nakışlı, mavi işlemeli kese çıkardı, tok, kalın, buyurucu bir sesle :

"Bu kuşların tanesi kaça?" diye sordu.

Süleyman hemen :

"İki buçuk," dedi.

Adam eğildi, kafesi araştırdı, Süleymana döndü, gösterdi :

"Şunu, şunu, şunu ver," dedi.

Süleyman sevinçle elini kafesin içine sokup kuşları aldı adama verdi. Adam kuşların sonuncusunu eline aldı ona baktı, dudak büktü, beğenmedi :

"Bu değil istediğim, yanlış verdin, şunu," dedi, kafesin telinden kanadı dışarıya taşmış kuşu gösterdi : "Şunu, şunu," dedi. Süleyman uzandı, göğsü kırmızı irice kuşu aldı ona verdi. Adam, nakışlı kesesinden üç tane iki buçukluğu çoktan çıkarmış, keseyi cebine indirmişti, üç tane iki buçukluğu uzattı, kuşların tüylerine üfleye üfleye vardı, caminin kemerinin altında durdu, kuşları okşadı, birisini hızla göğe doğru fırlattı, kuş caminin kubbesinin üstünden öteye uçtu. Aynı biçimde adam ikinci kuşu da taş atar gibi hızla göğe attı, yanına yöresine bakındı, sonra başını önüne eğip kemerin altından, oyuncakçıların önünden, otomobillerin içinden geçip İş Bankasının önündeki kaldırıma geçti, ellerini ceplerine soktu, başını kaldırdı, Yeni Camiyi gözden geçirmeye koyuldu.

Birkaç kişi daha geldi kuş aldı. Bir çocuk yarım saat kafesten seçerek aldığı kuşu koynuna koyarak otomobillerin önünden, ardından kayarak köprünün üstüne vurdu gitti.

Sonra birdenbire kuş alışverişi kirp diye kesildi. Umutla beklediler, bazı kişiler geliyor, kuşlara bakıyor bakıyor, sonra basıp gidiyorlardı hiçbir kuş almadan.

Bağıra çağıra Süleymanın sesi kısılmıştı :

"Azat buzat, bizi cennet kapısında gözet!"

Gözet be, gözet ulan, gözet anasını avradını, lan gözet...

Süleymanın sesi jilet, tarak, naylon çiçek, bıçak, tornavida, kaçak sigara, süpürge, kitap, gazete, eski, çekirdek satıcılarının seslerinin üstünde, Yeni Cami önünün karmaşıklığının üstünde, otomobil kornalarının arasında yitip gidiyordu.

Süleymaniye Camisine, Eyübe de götürdü onları bedava, Mahmudun bir şoför arkadaşı... Süleymaniyede az daha büyük bir kaza çıkıyor, Mahmut önüne geçmese, öfkeye gelmiş iri yarı, boğa gibi, bereli, çember sakallı bir mümin çocukları da, kafesleri de, kuşları da paramparça ediyordu. Camiden dualar okuyarak, tespihini sallayarak çıkan müminin kuşlarla çocukları görmesiyle onlara saldırması bir oldu, Mahmut tetik davrandı, müminle kafeslerin arasına atıldı da onları kurtardı, bu arada da Süleymanla Hayri önlerindeki kafesi onları bekleyen Rızanın otomobiline taşıdılar da, sonradan Mahmut arkalarından koşarak otomobile yetişip bindi de azgın müminin elinden canlarını zor kurtardılar. Eyüpte kimsecikler yoktu, avluda çınarın altında tek başına dolaşan leylekle avluyu silme doldurmuş güvercinler, bir de Kuran okuyan başı takkeli bir çocuk... Başkaca in cin top oynuyordu.

Rıza, her şeyi anlamıştı, onları hayrına Taksime de götürdü. Onları orada bırakıp kendisi Menekşeye döndü.

Taksim alanı kaynaşıyordu. Anıtın üstüne altı tane güvercin konmuştu. Otel Kontinantal dört köşe, kalın bir minare gibiydi. Kafeslerini sürükleyerek mendivenlere kadar götürdüler. Durdukları yerin az ilerisindeki yerdeki duvar işemik kokuyordu. Hayri bir yerlerde bir ahır aradı, bulamadı, işemik kokusunun aradığı ahırdan değil de yandaki duvardan geldiğini anlayınca bayağı rahatladı. Yeşil, kırmızı, sarı ışıklar yanıp sönüyor, otomobiller, insanlar birbirlerine girip alanı doldurmuşlar, korna sesleri insan bağırmalarına karışıyor, bir şamata, bir uğultudur almış başını gidiyordu. Köfteciler, gazete satıcıları, sıra sıra kaldırıma dizilmiş çingene çiçekçiler, altın gibi parlayan sandıklarının başında, uzun bir sıra kundura boyacıları bağıran çağıran dolmuş kahyaları, ezilmemek için oraya buraya koşuşan, birbirlerinin üstüne binmiş, sıkışmış insanlar, ayakları yalın bir köylünün yanında, kürklü, son derece şık bir bayan, çiçekçi dükkanları, pislik, kağıt, kusmuk içinde kaldırımlar, benzin kokusuna bulaşmış sidik kokusu, her şey birbirine karışmış, kenetlenmiş yuvarlanıyor. Süleyman şaşkınlık içinde kalmıştı, boynu gittikçe uzuyor, gözleri pörtlüyordu. Hayri bir köşeye büzülmüş, boynunu omuzlarının arasına çekmişti. Belki de, şimdi kafasında bir tek düşünce vardı, her şeyi unutmuş, bu bir tek düşünceye sarılmıştı. Mahmuda döndü :

"Kalabalık," dedi.

Mahmut ona gülümsedi :

"Hiç de gülmüyorlar."

Mahmut, bu kalabalığı ilk olaraktan görüyormuş gibi dikkat kesildi.

Süleyman dalmış gitmişti bu hayuhuya, kuşları, Hayriyi, Mahmudu, her şeyi, kendini bile unutmuş gibi başını almış gitmişti. Bir kalabalık, apartman, otomobil, kundura boyacısı düşüne girmiş, kendisini alandaki gezginci köftecilerin bacalarından çıkan yağlı dumanların, insanı açlıktan öldüren, çıldırtan kokusuna kaptırmışken ilk olarak öyle açık seçik, kalabalıktan, dumandan otomobillerden kendini sıyırıp, köftecilerin arabalarını gördü. Köftecileri de gördü. En baştakinin arabasının tekerlekleri küçücüktü, maviye boyanmış, üstüne küçücük pembe çiçekler, yeşile çalan yapraklar işlenmişti. Arabanın üstüne, dört köşe bir camekan konmuş, onun yanına da içi köz dolu bir mangal oturtulmuştu. Güzel bir bakır mangaldı bu. Mangaldan belki iki metre uzunluğunda bir baca çıkarılmıştı. Camekanın içinde pişmeye hazır köfteler, yoğrulacak kıyma, kırmızı iri domatesler, maydanozlar, soğanlar vardı. Köfteci bir de gül oturtmuştu camekanın ortasına, pembe, katmerli, taze bir Osmanlı gülü. Külot pantolonlu, sarkık, kumral bıyıklı, kara kuşaklı, Süleyman ilk olaraktan adamın para sayan parmaklarını gördü, parmakları amma da uzundu. Süleyman kendinde olmayarak, bir içgüdüyle kendi parmaklarına bakıp bir an, sonra gözlerini köftecinin arabasına çevirdi. Gözleri adamı tepeden tırnağa sıyırıp vardı adamın uzun, kaba, kederli görünen öfkelenmiş, kendine güvenmek isteyip de güvenemeyen yüzünde durdu. Mahmutsa, bir kafesteki can çekişen kuşları, bir Süleymanı, Hayriyi, bir kalabalığı, otomobilleri, bir köftecileri izliyordu. Mahmut bu alanda tam üç buçuk yıl, şu sıradaki altıncı boyacının yerinde ayakkabı boyamıştı, üstü sedef kakma balık, ağaç, bulut, deniz kızı resimli sandığıyla. Sandığı şu Taksim alanındaki boyacılar arasında ünlü olduğu kadar İstanbulda da ünlüydü. Bakırköylü Mestan Ustanın ölmeden az önce bitirdiği sandıktı. Ve hem de Mestan Usta, özene bezene, Mestan Ustanın okuryazarlığı yoktu, ölünceye kadar imzasını hiçbir kağıt üstüne atmamış, hep parmak basmıştı, bu sandığın üstüne imzasını mavi bir sedefi işleyerek kakmıştı. İmza Çin yazısına, hiyeroglife, çiviyazısına, uçan bir kuşa, ama en çok da Mestan Ustanın kendisine benziyordu. Mahmut, yemin içip ant veriyordu ki, bu yazı Mestan Ustanın tıpkısıydı, suretiydi ki Foto Sabahta çekilmiş. Hiç yazı, hiç böylesine karmaşık bir şey insana benzer mi, ne yapsın, benziyordu işte. Sandığı ona teslim ettiğinde ne demişti Mestan Usta, "al," demişti, "oğlum Mahmut al, çok insana sandık yaptım ama, Mestanı hiçbir sandığın içine koymadım. Al hayrını gör..." Dişsiz ağzıyla yürek dolusu gülmüştü. Mahmut burada, şu iki çocuğun yanında kafesler dolusu ölümcül kuşların az ilersinde, Taksim alanının kendisine hiç de kalabalık gelmeyen mahşeri karışıklığında Mestan Ustayı mest olarak düşünüyordu. Mestan Ustanın sandığı ona ilk verdiği günü, Taksime kadar uçarak gelişini, ayakkabısını ilk boyadığı adamı, adam böylesine uçan, dünyayı sevince boğan, sevinci taşa toprağa, Taksimdeki tüm insanların, otomobillerin, güvercinlerin tenine, yüreğine, üstüne işleyen sevinç karşısında apışıp kalmış, parayı Mahmuda vereceğine, o elinden öteki eline aktarıp durmuş, sonra hızla arkasına bakmadan, sevinç içindeki bacakları uçarak oradan uzaklaşmıştı. Şu çocuklar bugün burada, şu kuşları satarlarsa, Mahmudun o günü gibi, bastıkları yeri bilemeden buradan ta Menekşeye kadar uçacaklardı. Süleyman daha durmuş, kendinden geçmiş köfteciye bakıyordu. Mahmut, hele baksın az daha bozmayayım çocuğun keyfini, dedi. Hele az daha baksın. Adamın, yirmi tane olsun, dediğini duydu Süleyman. Köfteci mavi bir önlük kuşanmış, ellerini durmadan önlüğüne sürüyordu. Kısa boylu zayıftı. Yirmi beşinde gösteriyor, yüzünde ilk göze çarpan sağ yanağındaki derin çöl çıbanının izi oluyordu. İri, duru mavi gözlerindeki ışığı Süleyman ta burdan görüyordu. Şimdi Mahmut da, Hayri de oturup büzüldüğü yerden Süleymanın baktığı yere, köftecinin alışkanlıkla, çabuk çabuk közlerin üstündeki kararmış yağlı ızgaraya köfteleri serişine bakıyorlardı. Köfteler pişip, köfteci bir yarım ekmeği ortasından yarıp, elindeki küçük maşayla teker teker, köfteleri incitmekten korkarak, ekmeğin içine koydu, arkasından bir tutam maydanozu parmaklarının ucuyla alarak kıyılmış soğanla bir domatesi de aynı rahatlıkla dilim dilim yaparak güzelce ekmeğe yerleştirdi, ekmeği pembe kağıda koyarak adama uzattı. Arabanın bacasından daha kokulu, açları çıldırtan kokular savruluyordu. Köfteyi alan adam sağına soluna bir iki kez bakındı, sonra birden hızla elindeki ekmeği dişledi, sağına soluna çabuk çabuk bakınıyor, sonra bir ekmeğe bir diş atıyor, iri bir lokma koparıp avurtlarını şişiriyordu. Ortada durdu, bir Taksim bahçesine, bir caddedeki otomobillerle üst üste, iç içe akan kalabalığa baktı, sonra birden ağzındakini hızlı hızlı çiğneyerek caddeye insanların, otomobillerin arasına yürüyüp yitti gitti. Köfteci tatlılıkla, o gözden yitinceye kadar arkasından baktı. Mahmut da gülümsüyordu bir şeylere. Belki Süleymana, belki Hayriye, belki başka bir şeye... Köftecinin arabasının üstündeki kargacık burgacık yazıyı da okumaya çalışıyordu. Yazıyı çözünce bir sevindi, bir sevindi, içine gelmiş, bir okka acı gibi oturmuş şu öldü ölecek kuşları, başı belada çocukları da bir an için unuttu. Heceleyerek bir tamam okuduğu yazı şöyleydi : Cehennem yerinde hiç ateş yoktur, herkes ateşini burdan götürsün... Herkes ateşini buradan... Buradan... dedi kendi kendine... Alanda, kalabalığın ortasında, bacalarından dumanlar fışkırtarak duran, kokular salıveren köfteci arabalarının hepsinde de yazılar vardı... Birisinde, ölme Erzurum ölme, cana can kat, diyordu... Ekmek parası, alınteri, yürü kahpe analı dünya yürü... Başka birisinde de, yol biter, gün biter, can biter, İstanbul bitmez... diyordu... Bu yazı mavinin üstüne, her harfin arasına bir çiçek resmi işlenerek yazılmıştı. Birden bir kaynaşma, bir bağırtı, bir gürültü, bir koşmaca oldu, köfteciler arabalarını, maşalarını bıçaklarını, ekmeklerini, domateslerini saçarak, toplamaya uğraşarak, hızla sürmeye, kundura boyacıları sandıklarını sırtlayıp oraya buraya kaçışmaya, simitçiler, işportacılar tablalarını sırtlayıp oraya buraya koşuşmaya başladılar. Kalabalık da durmuş olana bitene bakıyor, bir şoför otomobilinden dışarıya fırlamış, bütün alanı çınlatarak birilerine, bir yere, talihine ana avrat sövüyordu. Hayri ayağa fırlamış bir yerlere kaçmak için durmuş, bekliyor, neredeyse fırlayacak, Süleyman merdiveninden alanın içine girecekmiş gibi, iyice boynunu uzatmış, gözleri de korkuyla, şaşkınlıkla daha da pörtlemiş duruyordu.

Mahmut da telaşlanmış :

"Gelin," diye bağırıyordu. "Gelin, alın kafesleri..."

Kendisi de, iki üç kafese birden yapışmış, Taksim Bahçesinin içine doğru koşuyordu. Süleyman da, Hayri de kafeslerin kulpuna yapıştılar... İçerde çalkalanan kuşlar sonsuz bir vıcırdamada, çırpınmadaydılar... İnönü Anıtının arkasına kadar taşıdılar kafesleri. Tam bu sırada da bomboş, ölü gibi kalmış alanda da yeşil giyitliler göründü. Öfkeyle oraya buraya saldırıyorlardı. Bir süre oraya buraya dolaştıktan sonra, bir araya gelip çekip gittiler. Onlar gider gitmez de alan yeniden köfteciler, boyacılar, işportacılar, simitçiler, lahmacuncularla dolmaya başladı, hem de gidenlerin iki üç misli... Az önce kağıt helvacılar yoktu, şimdi nereden geldilerse üç tane de kağıt helvacısı, beyaza boyalı arabalarıyla salınarak sökün ettiler. Ortadaki helvacı avazı çıktığınca bağırıyordu. "Kağıt helvam, ballıııı... Ballıııı..." O kadar çok bağırıyordu ki gözlerinden yaş geliyordu. Zil gibi sesinden Taksim kalabalığı çın çın ötüyordu.

Mahmut :

"Aynasızlar," dedi. "Belediye aynasızları... Haydiyin merdivenlere... İşte şimdi tam sırası... Tam..."

Kafesleri getirip merdivenin birinci basamağına koydular. Önce Mahmut bağırdı. Çocukların bu işi bilmediklerini biliyordu.

"Azat buzat, azat buzat, azat buzaaaaat..."

Son söylediği buzatta sesi güzel, yanık bir türküye dönüşüyordu. Birden yörelerini büyük bir kalabalık aldı. Mahmut sesine bir iyice türkü havası verdi :

"Azat buzat, bizi cennet kapısında gözeeet..."

"Gözeeeeet, oy gözeeeet..."

Durmuş burada, bu çocuklar için, öldürseler kendisi için böyle bir şeyi yapmak değil, düşleyemezdi bile, Taksim alanında dimdik, en güzel sesiyle, ninni söyler gibi, ilahi söyler gibi kuş çığırtkanlığı yapıyordu Mahmut. Özverisinden dolayı da seviniyordu.

Söyledikçe kendi sesi kendinin de hoşuna gidiyor, kalabalık da büyüyordu. Bir yarım saat sonra kalabalık o hale geldi ki, kuşları görmek için neredeyse birbirlerini eziyorlardı. Mahmut kendisini ninnisine, ilahisine kaptırmış, makamdan makama geçiyordu. Yarım saat mi bir saat mi geçti ne, Mahmut birden kendisine geldi, farkına vardı ki şimdiye kadar hiçbir kimse bir tek kuş alıp da havaya salıvermemişti ki! Öfkesi tepesine çıkıp bağırmaya başladı :

"Alın be, alın be! Çocukların kuşu, alın be! Bunları alıp da havaya salıvermezseniz bu kuşların hepsi bu kafeslerin içinde ölecekler be..."

Hiç kimsede en küçük bir kıpırtı olmuyor, durmuşlar, kafeslerin içindeki, çırpınmaktan, vıcırdamaktan yorulmuş bitmiş, birçoğunun da gözleri kaymış kuşları seyreyliyorlardı.

"Alın be!" diyordu. "Alın be kardeşler bir kuşun fiyatı ne ki, alın be kardeşler. Bakın bu çocuklar hırsızlık, ahlaksızlık, uğursuzluk, yankesicilik yapacaklarına, size iyilik yapmak fırsatı... Yaaa fırsatı... Kazandırsınlar, diye bu kuşları yakaladılar. Haydiyin kardeşler, alın alın, alın kuşları da atın şu gökyüzüne... Atın da ne güzel uçsunlar... Alın,

alın alın ha kardeşler... Ha kardeşler ha..."

Gökyüzüne bakıyordu. Gökyüzünün tam ortasında yusyuvarlak ak bir bulut duruyordu öyle, yerinden kıpırdamadan. Mahmut bir göğe, bir insanlara gülümseyerek, sesini de gittikçe güzelleştirip, yürekten, içten söyleyerek umutla bakıyordu.

"Kardeşler, yüreklerinde acıma dolu kardeşler, insanın içi, yüreği razı olur mu ki, bu kuşlar bu kafeste ölsün... Haaa kardeşler... Alın, alın, alın, havaya atın kuşları, atın ki uçsunlar, varsınlar sizi iyiliğin, güzelliğin, cennetin kapısında beklesinler..."

Kalabalığın üstünde, merdivenlerin beşinci basamağında durmuş konuşuyor, insanları bir peygamber edasıyla acımaya çağırıyordu, kurda kuşa, börtü böceğe... Sesi bir yükseliyor, bir iniyordu. Bir öfkeye kesiyor, bir yalvarıyor, bir yumuşuyor, bir kabalaşıyordu, bir inandırmaya çalışan inleme oluyordu.

"Bakın kardeşler, bakın şu kuşlara, bu çocuklar var ya, bu sabicikler?" Eliyle çocukları gösteriyordu. "Sizlere güvenerek tuttular bu kadar kuşu, size güvenmeseler hiç bu kadar kuşu yakalar da hiç ölümlerine sebep olurlar mıydı? Değil mi, bunlar da insan, bunlarda da insanlık var, değil mi? Bu kuşları öldüreceklerine gider de hırsızlık yaparlar... Gider de adam öldürürler..."

Birden öfkesi tepesine çıktı, kudurdu, delirdi. İnsanlar kuşları tutmuşlar, durmuşlar ona şaşkınlıkla bakıyorlardı. Önce bir iki dakika öfkeden ne dediği anlaşılmadı, sonra sesi açıldı, keskinledi :

"Bu kuşlar yerine sizi öldürürler. Sizi..."

Kendine geldi :

"Size güvendiler de," dedi... "Bin yıldan bu yana," dedi, "çocuklar kuş yakalarlar, yüreklerinde acıma, insanlık olan insanlar da bu kuşları alıp şu göğe salıverirler." Göğü gösterdi, orada o ak, tertemiz, bir ışık tufanında balkıyan bulut öyle duruyordu. "Alın kardeşler alın, alın canım, o kadar pahalı da değil, bir simit parası... On lira... Yok on lira değil, beş lira..." Bu da ona çok gelmiş olacak ki Mahmut kuşların fiyatını daha da kırdı : "İki buçuğa, iki buçuğa," dedi. Sonra sesi kısıldı : "Yahu alın be kardeşler," dedi. "Bakın hava da ne güzel, ne de güzel bir güneş var. Bu güzel günde yazık değil mi zavallı kuşçuklar bu kafeste kalsınlar. Ha, ne diyorsunuz?"

Artık kendi kendine konuşur gibiydi ve kalabalık için kuşlar, çocuklar, Mahmut ilginçliğini yitirmiş olacak ki dağılışmaya başladılar. Mahmut baktı ki bunca emek vererek, bağırarak bir araya getirdiği kalabalık dağılıyor, son bir çabayla :

"Alın, alın kardeşler alın da salıverin kuşları, salıverin de cennetinizi kazanın..."

Birden kafese koştu, kafesi açtı, içinden dirice bir kuş seçti, yerine gelip kuşu iki avucu arasına alıp dualar okur gibi yaptı, sonra da sağ elini ta göğe uzatıp parmaklarını açtı, kuş fırladı avucundan, önce Opera yapısının üstüne uçtu, sonra oradan dönüp Kontinantala vurdu, oradan da çavdı Taksim Bahçesi üstünden Şeratona vardı, Şeratonun Boğaz yanında gözden yitti. Mahmut kafese koştu, artık arka arkaya, kafesten aldığı kuşları :

"İşte böyle, işte böyle," diye havaya salıveriyordu.

Ve gittikçe kalabalık azalıyordu.

Son bir umutsuzluk çığlığı ile Mahmut :

"İşte, işte böyle," diye elindeki kuşu da bir taş atar gibi göğe attı, bitkindi, kalabalığa döndü, baktı baktı, alnı, kıvırcık, alnına dökülmüş kara saçları ter içinde kalmıştı :

"Tuh Allah belanızı versin, sizin insan gibi... Tuh," dedi. "Ne haliniz varsa görün, tuh!"

Kalabalığın şaşkın bakışlarında merdivenleri indi, gitti, karşı duvarın üstüne oturdu, başını yere eğdi.

Biraz sonra başını kaldırıp çocuklardan yana baktı, onların yörelerinde hiçbir kimsenin kalmadığını gördü. Çocuklar, kafesleriyle orada Taksimin alanında tek başlarına kalakalmışlardı. Süleymanın boynu gene öyle upuzun, Hayri de yumuldukça yumulmuş. Mahmut oturduğu yerden kalkıp kaçmak istedi ama, getirdiği çocukları da burada, Taksimde, bu canavar kalabalığın ortasında bırakıp gitmeye bir türlü içi elvermiyordu. Çocukların yanına da gidemiyordu. Onlara karşı içinde belli belirsiz, karışık, daha biçimlenmemiş bir utanç, bir suçluluk duyuyordu.

Birden, gene bir tansık gerçekleşti, bir yaşlı, ak saçlı adam bastonuna çökerek kafeslerin yanına gülümseyerek geldi, birden bir şey anımsamış gibi Süleymana yaklaştı :

"Yaaa, kuş mu bunlar?" diye yumuşaklıkla sordu.

Süleymanın ağzından :

"Kuş ya," sözcükleri döküldü.

"Demek kuş... Bizim gençliğimizde, sizin gibi çocuklar hep kuş satarlardı, biz de... Kaç para bunlar?"

"Ne verirsen ver," dedi Süleyman. Sesi utanmış, sevinmiş, sert, kaba çıkmıştı. Oğlan, sesinin böyle çıkışına üzülürken, adam ona on beş lira uzattı :

"Üç tane ver," dedi.

Süleyman elleri titreyerek :

"Olur, hemen, emicem..."

Kafesten bir anda üç kuşu çıkarıp adamın avuçlarına koydu, adam bastonunu koluna takmış, başını göğe kaldırdı, ak buluta kadar baktı, elini öne uzattı, yumuşacık kuşları salıverdi, arkalarından bir kere baktı, sonra dudaklarında hep o mutlu gülümseme uzaklaştı.

Süleyman hemen Mahmuda koştu yüzü gözü sevince batmış :

"Bak," dedi, elindeki on beş lirayı göstererek.

"Cebine koy," dedi Mahmut.

"Gel," dedi Süleyman.

"Sen sattın ya işte," dedi Mahmut, elini cebine sokup bir cigara çıkardı yaktı, dumanını derin derin içine çekti savurdu.

"Haydi git, ben buradayım," dedi gene Mahmut, alnının terini sol eliyle sildi. Süleyman koşarak kafeslerin yanına geldi. Orada, merdivenlerin üstünde öylece durup Taksimin kalabalığına baktı, ah, diye düşündü, şu kadar insanın her biri bir kuş alsa da göğe salıverse, üstüne de dua okuyup, ne güzel, ne güzel olurdu. Gözü de hep şu mavi boyalı köfteci arabasındaydı. Araba, tepeden tırnağa maviye boyanmıştı. Mavinin kenarlarına fırdolayı pembe çiçekler işlenmişti, hiç görmediğimiz, belki de bu dünyada hiç bitmemiş, büyülü, turuncu gözlü çiçekler... Çiçeklerin tam ortasında ak bir top bulutun altında bir göl ışık içinde kalmış yeşil mavi arası kalmış şakırdıyordu. Gölde kuğular yüzüyordu, boynu uzun görkemli, tam yedi tane. Gölün kıyısında kırmızıya, mora çalan, tepeden tırnağa çiçekler açmış, gene bu dünyadan olmayan bir kamış salınıyordu. Turnalar uçuyordu, eğrim eğrim bir baştan bir başa. Arabanın öbür yanında da bir ceylan koşuyor, gene büyülü, gene bu dünyadan olmayan, ceylanın üstünde de ulu kanatlarını açmış bir bakır kartal dönüyordu, yabanıl, keskin, ustura gözlü. Arabanın tekerleği eski bisiklet tekerleklerindendi ama, nikel kısımları pırıl pırıldı. Köfteci genç bir adamdı, önlüğü de maviydi, önlüğüne genç bir kız, tabii nişanlısı olacak, özene bezene kocaman bir gül işlemişti, çok sarı. Arabanın içindeki ocağı harlıydı köftecinin, kırılmamış kömürler yumruk kadar közler mavi, yalımlanıyorlardı. Bacası sarı yaldızlıydı, altın gibi parlıyordu. Köfteci orta boylu, sivri, keskin bıyıklı, iri ela gözlü cin gibi birisiydi, yerinde duramıyor, oraya buraya koşuyor, domatesleri ak bir kağıt mendille siliyor, parlatıyor, biberleri üst üste yığıyor, beğenmiyor, bozuyor, yeniden başka bir biçimde bu sefer de yan yana diziyordu. Yanındaki köftecilere, boyacı çocuklara takılıyor, önüne gelene, dudakları hiç kavuşmadan gülerek laf yetiştiriyordu. Alan portakal kabukları, kağıt yırtıkları, naylon torbalar, salatalık kabukları, lahana yapraklarıyla örtülüydü. Süleymanı dalgınlığından genç bir adam uyandırdı :

"Çocuk," diye seslendi ona. "Bu kuşların sahibi sen misin?"

"Benim," dedi Süleyman bir uykudan uyanmanın irkilmesiyle.

"Kaça bunlar?"

"On lira," dedi Süleyman.

"Yaaa..." dedi adam, kafeslerin önüne çömeldi, gözünü kırpmadan bakmaya başladı, sonra en büyük kafesin kapısını açtı, kuşları teker teker alıp koynuna koymaya başladı, ayağa kalktı :

"Beş tane," dedi, Süleymana tüm bir elli liralık uzattı. Süngü anıtının yanından çimenleri ezerek geçti, Kazancı Yokuşundan aşağıya indi. Ellilik şaşırmış Süleymanın elinde kalakalmıştı. Hayri :

"Onu cebine indir," dedi tok bir sesle.

Süleyman parayı cebine koyarken gülmeye başladı. Boşanmış gibi gülmesi bir türlü durmuyordu.

Hayri :

"Kes artık," dedi. "Orospu karı gibi elalemin ortasında ne gülüyorsun böyle!"

Bir kişi daha geldi, sırtında semeri vardı, beli bükülmüş, omuzlarıysa çok genişti, çökük avurtlu tıraşsız yüzünde gözleri yalım karasıydı, derindi, dehşet bir kedere batmıştı. Kafeslere dokundu, usulca, incitmeden korkarak :

"Ule uşaklar, nedir, kim bunlar?"

"Kuş," dedi Hayri.

"Vaaay, ne kadar da çoğimişkim?"

"Çok," dedi Hayri.
"Ha ne işe yararmışkim?"
"Uçarlar," dedi Hayri.
Süleyman sözü onun ağzından aldı :
"Uçarlar ya... Bak amca, on lira verir bundan bir tane alırsın..."
"Eeee, alırem."
"Alınca uçurursun, şuna yukarı." Bulutu gösterdi. "Uçurunca bu gider seni cennetin kapısında bekler."
"Aha, bilirem," diye sevindi hamal. "Bilirem, amman on lira çoktur."
"Beş lira," dedi Hayri. Süleyman çok ters baktı. Bundan sonra da alabildiğine bir pazarlık başladı. Adam sonunda tanesi iki buçuk liraya üç tane kuşu alıp oraya, ileriye, duvarla merdivenlerin yanındaki ağacın altındaki kanepenin üstüne oturdu, gözlerini ayırmadan kuşlara bakmaya, onları okşamaya, öpmeye başladı. Adam kuşları hem öpüyor, hem onlarla konuşuyordu. Ama buradan adamın ne dediği anlaşılmıyordu. Belki de adam Türkçe değil de başka bir dilden konuşuyordu. Az sonra da ağacın altından yanık, inlemeye, ağıda benzer bir türkü gelmeye başladı. Türkü uzun, alttan, yumuşak, duyulur duyulmaz, Taksim alanının gürültüsünün altından duru, aydınlık bir su, bir ışık gibi akmaya başladı. Süleymanın ağlayası tuttu, eli ayağı çözüldü, merdivenlere çöktü, şimdi anası, anasının kilimi hiç gözlerinin önünden gitmiyordu. Hayri de içlenmiş, kendisini uçsuz bucaksız bir denizin ortasında kalmış sanıyordu. Mahmut orada, yerinde oturmuş kalmış, sigara üstüne sigara içiyordu. Bir ağıt söyleyen adama, bir çocuklara, bir orada öyle türküyü dinlemek için durmuş kalmış bir bölük insana bakıyordu. Taksim alanı, otomobilleri, apartmanları, otobüsleri, üst üste insanlarıyla sanki türküyü dinliyorlardı gürültülerini kesmişler. Türkü birden durdu, adam ayağa kalktı, birinci kuşu öptü, yumuşacık, avucunun içinde tuttu, kuş bir çırpındı, sağa sola bakındı, kanatlarını birkaç kere açtı, çırpındı, sonra uçtu, yitti gitti. Sırtı semerli adam uzun yüzü güzelleşerek, ışık içinde kalarak, biraz daha kedere gömülerek kuşun ardından, ayaklarının ucuna dikilerek, kuşla birlikte uçacakmışçasına ardından baktı. Geriye kalan iki kuşu da öylece salıverdi. Elleri yanlarına düşmüş, gene kamburu çıkmış, "gidin, gidin, memlekete benden selam edin," diye mırıldanarak yü-

rüdü, Süleymanı, kafesleri görmeden yanlarından geçti, birbirine girmiş otomobillerin arasına girerek, karşı kaldırıma vurdu.

Birkaç adam daha gelip kuş aldılar uçurdular. Yaşlı, çarşaflı bir kadın kuşları görünce çok sevindi :

"Torunuma, torunuma," dedi, "söz vermiştim, üç yıldır kuş satan bir kişiye rastgelmemiştim. Kuş satan da kalmadı ki..."

Titreyen elleriyle kuşları aldı bir kesekağıdına koydu, koşarcana otomobillerin arasına daldı. Korna sesleri ortalığı almış, Taksim alanını bir indiriyor, bir kaldırıyordu.

Bundan sonra bir kalabalık döküldü Taksim alanına, iğne atsan yere düşmeyecek. Giden gelen, bağıran çağıran, bir hercümerc ki aman Allah, motor uğultuları, kornalar, teneke, demir sesleri... Benzin, yanmış yağ kokusu...

Süleyman umutlanmıştı, bekledi bekledi, bir tek kişi çıkıp da artık kuş muş almıyordu. Süleyman bağırmaya başladı : "Azat buzat, azat buzaaat, hey insanlar azaaat buzat... Cennet kapısı, cennet kapısı..." sesi çıktığınca, "Cennet kapısı, cennet kapısı... Cennet cennet," diye boynunu sündürmüş bağırıyordu. "Cennetin öz kapısı... Bir kuşa bir cennet, uçurun ha uçurun..."

Bağırıyor çağırıyor, çırpınıyor kimse gelip de bir kuş almıyordu. Bağırdı bağırdı, sesi kısıldı, karıncalandı gene de bir tek kişi gelmedi. Sonra birden deli gibi oldu, merdivenlerde yürüyerek, kalabalığın üstüne el kol sallayarak, yakası açılmamış küfürlerle sövmeye başladı onlara. Kalabalıktan bir iki kişi duruyor, bu merdivenlerde çırpınan, söven, ağzından ilenmeler saçılan çocuğa bakıyorlar, sonra gene yürüyorlardı. Süleyman bu duranları görünce daha da hızlandırıyordu sövmesini. Bir ara, dar pantolonlu, ayakları çamur içinde birisi geldi Süleymanın karşısında durdu :

"Ne sövüyorsun lan elaleme, böyle ağız dolusu?" dedi. "Almazlar lan, sen kuş tuttun diye herkes alıp uçurmaya mecbur mu? Kes lan sesini, kesmezsen..."

Yumruklarını sıktı Süleymanın üstüne yürürken, büzüldüğü yerden Hayri ok gibi fırladı, delikanlının önüne dikildi :

"Git lan işine," dedi, "canından vazgeçmemişsen... Bizim zaten..."

Delikanlı baktı ki pabuç pahalı, Hayrinin hiç lamı cimi yok, oraya merdivenin üstüne bir kocaman tükrük fırlatıp koca kıçını sıkı blucininin içinde kıvırarak çekildi.

Süleyman sövmeyi bıraktı, o da ötekinin arkasından bir tükrük fırlattı ta uzağa, Hayri de öyle yaptı.

Süleymanın birden yüzü ışıdı, gene bağırmaya başladı, sesi çın çın öttü :

"Bu kuşları, hepsini alıp da şu göğe uçurmazsanız yiyeceğiz onları biz bu gece," diyordu.

Kafesin birisini yerden aldı, merdivenlerden indi, önüne gelene :

"Alın, alın da şu kuşları kurtarın, yoksa bu gece hepsini, hepsini, boyunlarını koparıp... yiyeceğiz..."

Dilini şaplatıyordu :

"Yiyeceğiz. Oooh, yağlı..."

Hayri de bir kafes aldı, o da merdivenlerin üstüne dikildi :

"Yiyeceğiz," diye bağırdı.

Mahmut da oturduğu yerden koşarak geldi, bir kafesi eline aldı :

"İşte bu küçücük, bu zavallı kuşları bu aç çocuklar, yiyecekler..."

"Yemesinler."

"Açlar."

"Bu kuşları tutacaklarına başka bir iş tutsunlar."

"İş nerde çocuklar için?"

"Sigara satsınlar."

Süleyman hem bağırıyor, hem de şimdi bacası tüten o çiçekli köfteci arabasına bakıyordu.

Hayri bir yandan, Süleyman, Mahmut bir yandan kalabalığa, neler neler söylemediler... Mahmut insanları bu çocukların ne olursa olsun bu kuşları bu gece yiyeceklerine inandırmaya çalışıyor, onları, kuşlar adına acımaya çağırıyordu.

Akşam oldu, gün battı, elektrikler yandı, sarı, kırmızı, yeşil, al, turuncu, neonlar parladı, banka, mağaza, ortaklık ilanları, otel yazıları ötmeye başladı. Şehrin üstünü bir renkli ışık dumanı sardı. Süleyman yok olmuş bitmiş, sesi kısılmış merdivenlerin üstüne çöktü, Hayri de yanına oturdu. Mahmut, çocukların yüzüne bakamıyordu, bu kadar çaba, bu kadar çırpınma, uğraş bir sonuç vermemişti. İnsanlar adına, şu alanı doldurmuş kaynaşan Taksimdeki kalabalık adına, şu iki çocuktan, zavallı, kimsesiz, küçücük kuşlardan utanıyordu. Usulca kalabalığın arasına kayıverdi. Çocuklar orada, merdivenin üstüne oturmuşlar, Süleyman bir kolunu kafese dayamış, başı sağ omuzuna düşmüş kıpırtısızdı. Hayrinin başı bir iyice gövdesine, omuzlarının arasına gömülmüştü. Çocuklar küçülmüş bir avuç kalmışlardı. Kuşlarsa yorulmuşlar, çırpınmayı, ötmeyi bırakmışlardı.

Taksim alanı insandan taşmış, almıyordu. Karşı otelin yazısının aydınlığı kafeslere, çocuklara, merdivenlere vurmuş ortalığı yemyeşil etmişti.

Mahmut :

"Ben balığa çıkıyorum, hemen bu akşam, Çanakkaleye kadar belki uzanırım," dedi, yüzünde oyuncağı başka çocuklarca kırılmış bir çocuğun onulmaz kederiyle.

"Git," dedim, "güle güle, kısmetin bol olsun."

"Kısmet," dedi Mahmut, acı, ağı gibi bir gülüş fırlattı ortaya. "Kısmet ha... Vay kısmet... Yere batsın kısmet..."

Günlerdir, çadırın oraya, kavağa uğrayamıyordum. Tuğrul da beni her görüşünde, bir kötü bir şey varmış da söylemiyormuşçasına bana bakıyor, bıyık altından, alaycı, it oğlu it, hergele, namussuz bir gülüşle bana gülüyor geçiyordu. Şu insanlar içinde bu çocuklar kadar gıcık olduğum, zıddıma giden birisi olmadı... Bir elime geçirsem... İt. Sırtı pek, karnı tok domuz. Hem de domuz oğlu domuz. Çadıra, kavağa işte bu çocuğun yılan gülüşünden, hayın bakışından dolayı uğrayamıyordum. Orada olumsuz bir şeyler olmuştu. Orada bu iti kıvançtan deliye döndürecek kadar tatsız birtakım işler gelmiş olacaktı çocukların başına. Yoksa Tuğrul, belki ömrünce hiç sevinç tatmamış bu mutsuz hergele, yoksa böylesine sevinebilir miydi?

Oraya gitmek istiyordum, çocuklara ne olmuştu merak ediyordum, onları delicesine bir görme tutkusuna kaptırmıştım kendimi. Ben oraya yönelince ayaklarım gerisin geriye götürüyorlardı beni.

Bir sabah o kızıl kanatlı yırtıcı kuşu havada gördüm... Şimdi çocuklar oradalarsa, sevinmişlerdir, dedim kendi kendime.

Şimdi, şuradan kalksam aşağı insem, subay evlerinin deniz yönündeki köşesini dönsem çadırla ulu kavağı görüverecektim.

Menekşeden yukarı yokuşu çıkınca kavağı gördüm, gene öyle ulu, kocamandı, dallarını bir uçtan bir uca, bir küçük alanı örtecek kadar göğe sermişti. Çadırsa ortalarda gözükmüyordu. Koşarak çadırın yerine vardım, bir de baktım Tuğrul orada, eski yerinde tümseğe oturmuş çenesini dizlerine koymuş alaycı, utkulu, gözlerinin içi gülerek bana bakıyor. Ortalığı renk renk kuş tüyleri almış, düzlük, uçuşan tüylerle kaplanmış. Bakır dikenlere, dikenlerin dallarına tüyler yapışmış, esen yelde uçuşuyor. Mor, kırmızı, yeşil, ak, mavi tüyler, toprağa, otlara, çalılara, ağaçlara sıvanmışlar.

Çadırın önündeki ocak kararmış, üç tuğla küllerin içinde, ocakta yarı yanmış odunlar... Bir de yarı yarıya kömürleşmiş kütük var.

Döndüm Tuğrula öfkeyle baktım, şaşarak... Bakışım, aşağılamam vız geldi ona. O, gene o pis alaycı gülüşüyle, gözlerini ocağın alt başına dikmiş, her şeye meydan okur bir tavırla bakıyordu, oraya, kurumuş devedikeni kümesinin alt yanına... Baktığı yere doğru birkaç adım attım ve gözlerini diktiği yeri görünce vurulmuşa döndüm, yüreğim cızzzz etti. Kurumuş çimenlerin üstüne, bir tek uzamış gitmiş mavi çadırdikeninin dibine, baştan ayağa küçücük sümüklüböcek sıvanmış gövdesi yüksekliğinde kuş başları yığılmıştı, yüzlerce... Ve kesik, gözleri açık, solmuş başlara sarıca karıncalar çokuşmuştu.

Uzaktan, İstanbuldan uğultular geliyor, kızıl kanatlı yırtıcı kuş Menekşenin üstünde, göğsünü esen yele verip kanatlarını germiş süzülüyor, önümde İstanbul şehrinin acımasızlığının, yitmişliğinin, kendi kendini, insanlığını unutmuşluğunun, çok şeyler yitirmişliğinin bir anıtı, yüzlerce kuş başından dikilmiş bir anıtı duruyordu.

Yayımlayan: Anadolu Yayıncılık A.Ş.
Kapak: Ana Basım Sanayi A.Ş.
İç Baskı: Şefik Matbaası